アイ
年齢：5歳　身長：100センチ
立場
聖女
わずか5歳でマキウス王国に
召喚された幼女。
はじめは怯えていたが、
徐々に利発さを
発揮していく。
エデリーン・ホーリー
年齢：20歳　身長：160センチ
立場
マキウス王国王妃
国を繁栄に導く聖女のため、
役立たずな「お飾り王妃」で
る決意を
ショコラ
年齢：??歳
立場
元野良猫の魔族
アイを殺そうとして
マキウス王国に
乗り込むが……!?
ユーリ・マキウス
年齢：25歳　身長：182センチ
立場
マキウス王国国王
長年魔物との戦いに明け暮れ
「軍神王」と呼ばれる。
無表情で近寄りがたいが、
恋愛と育児面では残念な上に
不憫属性持ち。
聖女が来るから君を
愛することはない
と言われたのでお飾り王妃に徹していたら、
聖女が5歳？
なぜか
陛下の態度も
変わって
ません？

サクラ
年齢:53歳 身長:156センチ
立場
マキウス王国の前聖女
夫である前国王に浮気をされ
聖女としての力を失っていたが、
アイと出会うことで
変わっていく。
ホートリー
年齢:55歳 身長:160センチ
立場
マキウス王国の大神官
穏やかな物腰の神官。
密かにサクラ太后の
ことを…?

聖女が来るから
君を愛することはない
と言われたので
お飾り王妃に徹していたら、
聖女が5歳？
なぜか陛下の態度も変わってません？
宮之みやこ
Miyano Miyako
illust 界さけ
Kaisake

contents

序章

「エデリーン、君には感謝している。だが、私は君を愛することはできない」

結婚前日の夜。私は婚約者であるユーリ・マキウス国王陛下の政務室に呼び出されていた。

彼はつい先日即位したばかりの見目麗しい新王。長く騎士団にいた者特有の姿勢の良さに、引き締まった体軀《たいく》。それでいて顔立ちは甘く整っており、王族の特徴である黒髪に、王家では珍しい青の瞳をしていた。年は確か二五だったかしら。

けれど、その表情は暗い。

……まあ、理由は薄々わかっているというか、アレ以外に考えられないのだけれど。

「それは、聖女様が来るからでしょうか？」

私が一応聞くと、彼はゆっくりとうなずいた。

「そうだ。私は、聖女を愛さなければいけない」

その顔は苦々しく、とてもじゃないけれど「愛」という、きらきらした言葉を語っている人の顔には見えない。……まあ、彼の気持ちもわかるのだけれど。

「わかりました。私も、さすがに聖女様をないがしろにしてまで愛してもらえるとは思っておりません。そもそもこの結婚自体がおかしいのですから」

言いながら私はため息をついた。

――この国では代々、王が代替わりするたびに異世界から聖女が降臨してきた。

建国史に出てくる女神ベゼの娘、通称聖女だけが使える魔法がこの国を守るのだという。けれど聖女は、なぜか異世界にしか生まれてこなかった。

そして王が代替わりするたび、まるで王に嫁げとばかりに女神によって聖女が召喚される。そんな聖女を、マキウス王国の人々は代々王妃として迎え入れてきた。それが慣習であり、同時に聖女に示せる最大限の敬意だったからだ。

今回ももちろんそうなるはずだった。

――なのに。

私、エデリーン・ホーリー侯爵令嬢の父が、突然「エデリーンを王妃にする！」と言い出したのよ。

ユーリ国王陛下はもともと第七王子。かろうじて王位継承争いには参加できたものの、生母の身分が低く立場が弱かった。そこへ後ろ盾となって王まで押し上げる代わりに、私を王妃に迎えろと持ちかけたのが財務大臣である父だったの。

最初聞いた時は「そんな無茶な」と思ったけれど、これがまさかの大成功。

……そういえばお父様、政治と商売に関する手腕はどちらも天才的だったわ。

けれど、それって私にとっても陛下にとっても、そして遠くない未来にやってくる聖女にとっても不幸なことなのよね。

なぜなら、異世界からやってくる聖女が力を発揮するためには、『聖女は絶対に愛されなければいけない』という条件があったから。聖女は、愛を糧に力を発揮するのだという。

幸い、召喚される聖女たちは皆素晴らしい方が多く、歴代国王はすぐに虜《とりこ》になったみたい。国王と王妃（聖女のことね）が相思相愛になることで国の守りはどんどん強くなり、みんながめでたしめでたし……っていうのが今までの流れなのだけれど、考えてみて。

そこに私が王妃として挟まっていたら、お邪魔虫以外の何物でもないでしょう？

もちろんそのことは父に言ったわ。けれど、

「仕方ないだろう。占い屋のばあ様がそう言っていたんだから」

のひとことで会話が終わって、私は人生で初めて舌打ちしようかと思ったわ。

父が占い屋のばあ様を盲信していたのは知っていたけれど、まさかこんな大事なことまで信じてしまうなんて！　しかも幸か不幸か、実現させてしまう行動力もあったのよ！

私が当時のことを思い出してイライラしていると、陛下が重苦しく口を開いた。

「君につらい立場を強いることになって、申し訳なく思っている。私のことを恨んでくれてかまわない。だが、どんなことをしてでも私は国を守りたいんだ」

その顔は真剣そのもので、私はそれ以上何も言えなくなった。

だって父の後ろ盾を失えばユーリ陛下はすぐに蹴落とされるだろうし、父は父で、私を王妃にするのは絶対だと言って聞かない。

それに形はどうあれ、彼が国を思う気持ちは本物なのだ。

先代国王、つまり陛下の父王は、最初の数年は聖女と仲が良かった。けれど時が経《た》つにつれ、もともと女好きだった血が抑えきれなくなってしまったらしい。

侍女から娼婦《しょうふ》まで次々と手を出し、何人もの王子王女を産ませてしまう。そのうちのひとりが、ユーリ陛下だった。

当然、聖女である前王妃様は怒り狂い、そして力を失った。そのせいでマキウス王国はここ一〇年ほど、ずっと魔物の脅威に脅かされ続けている。

だからきょうだいの中で誰よりも優しく、真面目な陛下が思いつめるのも無理はなかった。

彼もまた、魔物によって母親を失ってしまったのだから。

「気にしないでくださいませ。先ほども言った通り、私は百も承知です。その代わり、私は私で好きにさせていただきますわね？」

「もちろんだ。生活面で君に不自由はさせないと約束しよう」

それで私たちの話はまとまった。

ま、もともと上位貴族たるもの、愛ある結婚など期待していない。むしろ公務やら何やら、めんどくさい役割をやらずに済んで気が楽なくらいよ。全部聖女がやるはずだもの。

唯一子どもは好きだから、自分の子どもを持てなさそうなことだけは残念だけれど、それは妹たちの子を可愛《かわい》がればいいわ。

私には魔力もなければ特別な力もない。役立たずなお飾り王妃として、ひとり趣味に没頭――じゃなくて、陰から応援させてもらうわ。

✣

……そう思っていたはずなのに、一体何がどうなっているの⁉


その日、私は聖女が降臨したという『聖女の間』に呼び出されていた。

大きな窓がたくさんあるがらんとした部屋の中。困り果てた顔のユーリ陛下と、同じく困惑顔の大臣やら神官やらが取り囲んでいたのは――どう見ても五歳くらいの女の子だ。

黒髪の小さな女の子が、ぼろ切れのような服を着てガタガタ震えている。

……確かに聖女は一〇代後半が多いけれど、いくらなんでも若すぎるのではなくて⁉

私が説明を求めてぐりんっと顔を向けると、陛下は苦虫を噛《か》み潰したような顔をしていた。

「……彼女が今期の聖女、らしい」

ぐりんっと、今度は神官たちを見る。どうなっているのよ⁉　と目で説明を求めれば、顔いっぱいに汗を浮かべた、つるんとした頭の大神官が進み出る。

「私たちも初めての事態で……。ここ数年国の力が弱まっていたため、もしかしたら何か過ちが起きてしまったのかもしれません……！」

過ち⁉　女神様が間違えてこの子を降臨させたってこと⁉　大問題じゃない！

「この子、元の世界に帰せないの？」

今まで降臨した聖女たちはなぜかやたら適応力が高く、「これが異世界召喚なのね⁉」と目を輝かせながらなじんでいったらしいけれど、この子はどう見ても違う。完全に誘拐だ。

この子の親は、今頃血眼になって彼女を捜しているかもしれない。親になったことはないけれど、その気持ちを考えるとぎゅっと胸が痛くなる。

「大変残念ながら……」

大神官が眉を下げ、汗をフキフキしながら言う。そこへ陛下も口を開いた。

「しかもこの子は、今までの聖女と違って言葉も通じないようだ。……あと私が近づくと怖がる」

言いながら陛下が一歩足を踏み出すと、聖女はびくっと肩を震わせた。

……無理もないわ。ユーリ陛下は先王に似てすらりとした長身美男なのだけれど、わけもわからず変な場所に連れてこられた幼女からしたら怖いだけだもの。

陛下が暗い顔で言う。

「降臨してからずっとその調子だ。うずくまって、一歩も動こうとしない」

もうお手上げ、というわけね。とりあえず王妃だから、私も呼ばれたってところかしら。

私はため息をつきながら、目の前の聖女を観察した。

女の子は、体を抱きかかえるようにして震えている。ボサボサの髪に、あまり見たことのない形のシャツとスカート。全体的に薄汚れており、袖から覗《のぞ》く手首はずいぶんと細い。

「……あら？」

そこで私は、ふとあることに気づいた。

ぼろぼろの服から覗く細い二の腕に、紫色の何かが見えたのよ。

私がつかつかと歩み寄ると、女の子はまたびくりと震えて自分を守るように体を抱えた。

……この反応、いくらなんでも怖がりすぎだわ。まるで私にぶたれると思っているみたい。

私はゆっくりとしゃがむと、できるだけ優しい声で話しかけた。

「……ごめんね、少しだけ体を見せてね」

言いながら女の子の服をまくり上げる。

――そこには予想通り、紫のあざが散乱していた。間違いなく、殴られた痕だった。

私はぐっと唇を噛んだ。

こんな幼い子に、なんてひどいことを……！

さっきまでこの子の親に同情していたけれど、前言撤回よ。今度は顔も知らない大人への怒りがふつふつ湧いてくる。けれど、私はそれをグッと抑え込んだ。今はそんなことで怒っている場合ではないと思ったの。

私は彼女から離れると、ユーリ陛下を見た。

「陛下。お願いがあります。どうかしばらく、私と彼女をふたりにしてもらえないでしょうか？
それから、肌触りのいい毛布と、私のキャンバス一式を」

陛下の目が細められる。だが私の家族構成を思い出したのだろう。すぐにうなずいた。

「わかった、君に任せよう。道具も用意する。他に必要なものがあったら言ってくれ」

「でしたらあたたかいスープもお願いしますわ。それとお菓子も」

陛下はすぐ言う通りにしてくれた。心配顔の大臣や神官たちにも退出してもらい、部屋にふたりきりになる。

女の子は相変わらず、かわいそうなぐらいガタガタと震えていた。

その姿に胸を痛めながら、私はそっと歩み寄る。それから怖がらせないようしゃがみ、目線を合わせてから、細い体をそっと毛布で包み込む。

「……大丈夫、毛布をかけるだけよ」

それから、少し離れたところに私は座った。そのままキャンバスを見て、女の子には構わず鉛筆を走らせる。

大きな窓から夕日が差し込む中、部屋に響くのはシャッシャという鉛筆の音だけ。その音に慰められるように、女の子の体からだんだん震えが消えていくのを私は見守っていた。


――そうしてどのくらい経ったのだろう。

気づくと彼女は、毛布に丸まったままじっと私の手元を見つめていた。にこっと微笑むと、すぐさま顔がそむけられる。

……そろそろ、頃合いかしら。

「見る？　私、絵は上手なのよね」

言いながら、キャンバスの向きをトンッと変えてみせる。途端、こちらを向いた女の子の目が丸くなった。

そこに描かれていたのは、彼女の肖像画だ。

私は四姉妹の長女なのだけれど、昔から絵だけは得意で、妹たちを喜ばせるのによく使った手なのよ。

「ね、なかなか上手だと思わない？　そっくりでしょう」

言いながら、絵を女の子の前に置く。

彼女は何も答えなかったが、その瞳はキラキラと輝いていた。……こうして見ると、幼いながらもとても美少女ね。

それから私は、人差し指で自分の顔を指さした。

「わたしはエデリーンよ。エ・デ・リーン」

何度も指しながら名前を繰り返せば、意味を理解したらしい。小さな頭がこっくりと控えめにうなずいたのを見て、私は次に女の子を指さした。

「あなたの名前は？」

女の子はしばらくためらってから、ゆっくりと口を開く。

「……アイ」

鈴のように可憐《かれん》な声。私はにっこりと微笑《ほほえ》んだ。

「よろしくね、アイ。私たち、仲良くしましょう」

――それが聖女アイと私と、ユーリ陛下も含めた新生活の始まりだった。

第一章 異世界から来た聖女、アイ

◇◇聖女アイ◇◇

ばしゃん。

みずがこぼれるおと。

それから、ママとパパがおこるこえ。

こわいかおをしたパパが、わたしのてをつかむ。

「愛《あい》！ てめぇまたこぼしたな⁉」

ばしん。パパがわたしをたたく。

「愛！ 何度言えばわかるの⁉ まったく、あんたなんか産むんじゃなかった！」

ごめんなさい、ママ。だからぶたないで……。

でも、わたしがどんなにごめんなさいをいっても、ママとパパはゆるしてくれない。

「ここで反省してなさい！」

どんとせなかをおされて、わたしはベランダにおいだされた。

そとでは、ゆきがふっている。さむくて、からだがガタガタふるえた。

なかにいれてほしい。

でもそういったら、またぶたれる。

ぎゅっとからだをだきしめても、ぜんぜんあたたかくならない。

だんだん、めのまえがくらくなってきた。

たすけて……だれか、だれでもいいから、アイをたすけて……。

そのとき、だれかがわたしのてをグイッとひっぱった。

かおをあげるとまわりはひかりでいっぱいで。

まぶしくてよくみえなかったけど、おんなのひとがにっこりわらってた。

くろいかみに、くろいふく。でも、ママじゃない。

……あなたは、だあれ？

ききたかったけどこえがでなかった。めのまえが、まっしろになっていく――……。

✣

「……イ。……アイ」

だれかのやさしいこえ。

……ママ？

めをあけると、とてもきれいなおんなのひとがいた。

「大丈夫？　うなされていたわ、ひどい汗よ」

きらきらしたきんいろのかみに、みずいろのおめめ。

……えほんにでてくる、おひめさまみたい。

……そういえばわたし、さっきまで、このひととおはなししていた。

めのまえがまっしろになって、それからへんなところにいて、たくさんのひとがいて……。

おもいだしていたら、おひめさまのてがのびてきて、わたしはびくっとした。

……たたかれるかと、おもったの。

「ごめんなさい、驚かせたわね」

おひめさまは、とてもかなしそうにわらった。

◇◇王妃エデリーン◇◇

ベッドの上で怯《おび》えるアイを、私は痛ましい気持ちで見ていた。

汗を拭こうとハンカチを出しただけで、まさかこんなに怯えるなんて。小さな体は今もびくびくと震え、上目遣いで私の顔色をうかがっている。

「王妃様、食事をお持ちいたしました」

そこへ、赤毛の侍女が朝食の載ったワゴンを運んできた。

「ありがとう、机に並べてくれる？」

アイの前に、ベッド用の小さなテーブルが載せられる。そこに並べられたのは、彼女のための食事だ。

まずは病人食として定番の、やわらかく煮たミルクのパンがゆ。それから、野菜嫌いの妹たちもよく食べていた甘じょっぱいバターコーン。さらに物足りない場合に備えて、焼きたてほかほかの白パンに、色とりどりの新鮮カットフルーツ。最後はみんな大好きな、ふるんと揺れる甘いプリンもあるわ。

……変な組み合わせだけれど、今は小さい子が好きそうなものを集めてみたの。

アイはそれらを、目をぱちぱちしながら見ていた。かと思うと、ぐぅぅという可愛いお腹《なか》の音が聞こえる。

「ふふ、どうやらお腹は元気みたいね？　どうぞ、好きなだけ食べていいのよ」

私が言うと、アイはしばらくおどおどした後、おそるおそるスプーンを握った。その間もずっと私の様子をうかがっているのがわかって、胸が痛くなる。

けれど、緊張のせいかしら。次の瞬間、スプーンがアイの手からつるりと落ちた。

ばちゃん、とパンがゆの中にスプーンが落ちて、辺りにミルクが飛び散る。幸い、パンがゆは人肌に保っているから火傷《やけど》はしないけれど、アイの顔も汚れてしまった。

「ご、ごめんなさい！　ごめんなさい！」

サーッと顔が青ざめたかと思うと、アイは泣きそうな顔で必死に謝り始めた。たったこれだけのことで、私にぶたれると思ったのかもしれない。

切実な姿に、またぎゅっと心が痛む。

私はなるべく優しい声で言った。

「……大丈夫よ。私はあなたを叩《たた》いたりしないわ」

それからそっと、ハンカチでアイの顔についた汚れを拭き取る。彼女は震えていた。

「疲れていて、スプーンがうまく持てないのね。なら、私があーんしましょうね」

言って、私はスプーンを手に取る。同時に、先ほどの医師の言葉を思い出していた。

実はアイが寝ている間に、宮廷医師に彼女の体を診てもらっていたの。

医師によるとアイは殴られただけでなく、ひどい栄養失調にも陥っていた。

あと少しでも遅かったら、そのまま衰弱して亡くなっていたかもしれないという話を聞いて、私がどれほど怒り、同時に安堵《あんど》したことか。

あの子の親は絶対に絶対に許せないけれど、間一髪のところで間に合って本当によかったと思う。今となっては女神様に拍手を送りたいくらいよ。

とりあえず、まずはこの子の体を回復させてあげなくちゃ！ そのためには、ご飯を食べてもらわないとね！

新しいスプーンでパンがゆをすくい、私はアイに差し出した。

「あーんはできるかな？」

怖がらせないよう優しく微笑みかければ、アイはどうしようか迷っているようだった。けれど、そこでふたたびぐぅぅとお腹が鳴って、アイのほっぺが赤くなる。

そんなお腹の音が背中を押したのか、アイはおそるおそる小さな口を開いた。そっとスプーンを運ぶと、すぐさまぱくっと銀のスプーンがくわえられる。

途端、アイの目がうっとりと細められ、ふわぁ……という、ため息とも吐息とも言える小さな声が漏れた。

ふふふ、そうでしょう。おいしいでしょう。

私は微笑んだ。

このパンがゆに限らず、今日運んできた料理はすべて私監修の下、王宮の料理人に作ってもらったのよ。

甘いミルクでことこと煮込んだパンがゆはとろっとしていて、口に入れた瞬間、ふわぁっと溶けるようになっているのよね。すぐに冷めてしまわないよう、鍋ごとワゴンに載せているから、熱すぎず冷たすぎず、ちょうどいい温度を保っているの。

「遠慮しないで、いっぱい食べていいのよ」

言いながらまたスプーンを差し出すと、今度はすぐにお口が開いた。

はむっ！　という音とともに、スプーンが口の中に吸い込まれる。その拍子に、アイのまあるいほっぺたがぷくっと膨らんだ。

私の全身に、衝撃が走る。


……⁉　あ、あぁあ～～～⁉　今の何⁉　すっごく可愛い……‼


まあるいほっぺは、さながらリスのよう。本物を見たことはないけれど、子リスに餌をあげるのって、こんな感じなのかしら⁉

思わぬ可愛さに心臓を撃ち抜かれて、私は胸を押さえた。「ハァッ！」と野太い声で叫ばなかっただけ褒めてほしい。

隣で侍女が噴き出しているのには気づかないふりをして、私はせっせとアイの口に食べ物を運び始めた。

「そうだ。こっちも食べてみる？」

アイの食の進みがいいのを見て、私は次にバターコーンを指さした。

コーンにバターを絡めた一品は、シンプルだけれどふんわりと香ばしい匂いをただよわせているの。中にはハムも混ぜてあるから、少し塩っ気が欲しい時にもぴったりの品よ。

こくり、とアイの頭が控えめにうなずいたのを見て、私はスプーンを差し出した。

すぐさま、はむっ！　と口の中にバターコーンが吸い込まれる。そのまま小さなお口で一生懸命嚙み嚙みしたかと思うと、アイがキラキラと瞳を輝かせた。

ふふっ、どうやらこっちも気に入ったようね。

用意した小皿の分はあっという間に空になってしまって、お代わりを用意した方がいいかしら……と悩んだところで、アイの目がちらっと別のものを見た──プリンだ。

わかるわ、あの魅惑のぷるんぷるんボディはつい目を惹《ひ》きつけられるものね。それに、今回は子ども向けに、特別にやわらかく作ってもらったのよ。

「それなら今度はプリンにしましょうか。……はい、あ～ん」

私はプリンをすくうと、微笑みながらアイに差し出した。スプーンの上のプリンが、ふるんふるんと悩ましげに体を揺らせている。

すぐさま、アイが待ちきれないというようにあわてて口を開く。そこにスプーンがぱっくりと吸い込まれ、次の瞬間、ほふぅ……とアイが幸せそうな吐息を漏らした。見ている私も、つられてほぅっと息をつく。

なんでかしら。妹たちにご飯を食べさせていた時は、「可愛い！」なんて思ったことはなかったのに、アイは一挙一動を見ているだけで私まで幸せな気持ちになるわ。

これはアイが特別に可愛いのか、私が年をとって丸くなったのか。……といってもまだ、二〇歳なのだけれど。

考えながら私は再度プリンをすくった。

ぷるるんとゆれる動きだけで、アイが目を輝かせる。その顔には、一秒でも早く食べたいと書かれていた。でも口には出さず、じっと私を待っている姿がとてもいじらしい。

私がスプーンを差し出すと、すぐに「あ」と口が開かれる。プリンはそのままつるりと吸い込まれ、アイが幸せそうにきゅっと目を細めた。

その姿の可愛いことといったら……！　本当になんて愛らしいのでしょう……！　そんなに喜んでもらえると、用意したかいがあるってものよ！

私はじーんと感動に打ち震えた。

なんかもう、一生この時間を続けていたい……。

そう思っていたら、突然部屋の扉が開いた。現れたのはユーリ陛下だ。

「エデリーン、聖女の様子はどうだ」

その声に、アイがびくっと肩をすくめる。

ああっ！　アイが青ざめているわ！　それはそうよ、大の男がそんな仏頂面と低い声で言ったら、怖いに決まっているじゃない！

「陛下、アイが怖がっていますわ。お話は後にしていただいても⁉」

私がくわっと目を見開いて言うと、その剣幕に押された陛下がたじろぐ。

「わ、わかった。出直そう」

そう言って、陛下があわてて出ていく。……ちょっと悪いことをしたかしら？　でも今はアイが最優先だものね？

「もう大丈夫よ、アイ。次はどれを食べる？　それとももうお腹いっぱいかしら？」

何事もなかったかのように私が聞けば、アイが今度はおそるおそる白パンを見た。うんうん、食欲が旺盛なのはとってもいいことだわ。いっぱい食べて早く元気になってほしい。

私は内心喜びながら、パンをあえてまるごと渡した。本当はちぎって食べるのが淑女のマナーだけれど、今はそれより食の喜びを知ってほしかったのよ。

ふわふわの白パンを握ったアイが、またキラキラと目を輝かせている。

……白パン、もしかして初めて見るのかしら？　白くて丸くてふわふわで、さすが王宮製。普通のパンよりもかなり質がいいのよね。

アイは白パンをぎゅっと握ってみたり、指についた粉を舐《な》めてみたりしていた。

小さい子って、こういうのを持っているだけで楽しかったりするものね。末の妹も、リンゴがしおしおになるまで持ち歩いていたのを思い出すわ……。

存分にふわふわ具合を堪能したのだろう。アイが小さなお口でかぷっとかぶりついた。

そこへ、ガチャリと扉が開く。

「たびたびすまない、これだけは伝えておかねばならないと思って――」

再度現れたユーリ陛下に、アイがムグッと喉を詰まらせかけた。

キャ――――!! 大変!!

顔面蒼白《そうはく》になって、私はあわててアイの背中を叩いて吐き出させた。それから気持ちを落ち着かせるため、水を飲ませる。……どうやら、なんとか事なきを得たらしい。私はほっと胸を撫《な》でおろした。

本当に、心臓が止まるかと思ったわ!?

それから立ち上がって陛下に詰め寄る。

「へ・い・か!? せめてノックはしてくださいませ!」

アイを怯えさせないよう声は小さめに、でも瞳に全力の圧をこめて問いかける。多分、こめかみに青筋が浮かんでいたわね。

広い背中を丸めた陛下が、しょんぼりと言う。

「ほ、本当にすまない……」

「……まあ無事だったのでよかったですけれど。それより、お話ってなんでしょう?」

話している間、アイは後ろで私たちの様子をうかがっていた。といってもその目は白パンにくぎ付けで、本当は早く食べたくてしょうがないのだろう。律儀に待っているアイに早く食べさせてあげたいと思いながら私は聞いた。

「エデリーン。今回の降臨は知っての通り、いつもと違う。彼女は五歳で言葉も喋《しゃべ》れず、本当に聖女なのかもわからない。何かの手違いではないかという話も出ている」

真剣な表情で言う陛下の言葉を、私は黙って聞いていた。

「引き続き今回の降臨について調査するが、その間よく聖女を観察してほしい。彼女が本当に聖女なのか、それとも巻き込まれたただの不幸な子どもなのか」

私は小さくため息をつく。

そうなのよね……。幸か不幸か、アイは聖女として降臨してきてしまった。

本当はこんな小さな子に〝聖女〟なんて重役を背負わせたくないのだけれど、陛下や大神官たち、何より民のことを考えると「知りません」では済ませられない。

「……わかりました。何かわかったら、すぐ報告します」

「ああ、頼む。……それと、もうひとつい いだろうか？」

「なんでしょう？」

「聖女用に用意していた衣装は、みんな大人用のものだ。彼女用に、新しく服を仕立てる必要がある」

その言葉に、私はパッと目を輝かせた。

──アイに服を仕立てる？

つまり、アイにあんな服やこんな服を着せられるってこと⁉

私は鼻息荒く答えた。

「大歓迎ですわ‼」

❖

「かーわーいーいーわ〜〜〜‼」

後日。色とりどりの子ども用ドレスが並ぶ一室で、私は恍惚《こうこつ》とした表情で叫んでいた。

目の前では、聖女服に身を包んだアイが、恥ずかしそうに立っている。

「ああっ聖女服を着たアイの可愛さったら……！　これだけで魔物を一掃できそうなぐらい尊いわね……！」

アイ本来の可愛さに加えて、お堅い服を着せられた子どもならではの可愛さとでも言うのだろうか。ピシっとした服を着て一生懸命真面目な顔で立つアイは、その立ち姿だけでパン一斤は食べられそうなほど可愛い。

ふふ……ざんばらだった髪も綺麗《きれい》に整えてもらったし、ご飯をたくさん食べるようになってほっぺもふっくらしてきたし、もう非の打ちどころがないわね！　ああ、今すぐこの可愛さを絵に残したい……！　といってももう散々残してきたんだけれど……！

うずうずする手を押さえながらうっとりと見とれていると、そばで見ていたつるつる頭で垂れ目の大神官が進み出た。彼はこの間、聖女降臨の際にもいた人ね。

「王妃陛下、聖女様の衣装はこちらで問題ございません。……ところで、あちらは……？」

言いながらちらりとそばのドレスを見る。

「ああ、それはアイの服よ。ずっと聖女服で過ごすわけにもいかないでしょう？」

「は、はあ……」

私がにっこり微笑むと大神官が汗をフキフキした。

……まあ彼が戸惑う理由もわかるわ。だって、軽く見積もっても二〇着以上のドレスがずらっと並んでいるんだもの。

服はよく見かけるような淑女服から始まって、これは一体いつ着るの？ と聞きたくなるド派手な服まで、趣向はさまざま。もちろん、私の趣味も多大に含まれているわ！ アイが着るのを、どうしても見てみたかったのよ。

「ねえ、アイ。このお洋服たち、着てみない？ 嫌なら、お部屋に戻ろうか？」

はやる気持ちを抑えておそるおそる聞けば、アイが嬉《うれ》しそうにうなずいた。その顔に、嘘《うそ》や遠慮はなさそうだ。目がキラキラと輝き、ドレスにくぎ付けになっている。

よし、本人も乗り気なら話は決まりよ！ 私は鼻息荒く、せっせとアイに色々な服を着せ始めた。

まずはクラシカルな形が素敵な、フリルたっぷり正統派お姫様ドレス。

「あぁっ！ なんて可愛いお姫様！」

私は拍手しながら、必死に目にその姿を焼きつける。後で絶対絵に残すんだから！

お次は、黒の生地に裏布は赤でピシッと決めた、ちょっぴりカッコイイ系ドレス。

「キャーッ！ 小悪魔さんにハートを射抜かれたわっ！」

こんな小悪魔さんがいたらなんだって言うこと聞いちゃう！

さらに薄い平織り物《オーガンジー》を何枚も重ね、星柄のスパンコールが付いたふんわり妖精風ドレス。

「可愛いっ！ 妖精さん、こっちを見て～！」

……はっ！　いけない。

気づくと、大神官がすごい目で私を見ていた。私はこほん、とわざとらしく咳払《せき》いする。

それに私ばかり楽しんでいる場合じゃないわ。

「アイ、あなたはどの服を着てみたい？　どれでもいいのよ、好きなものを選んでね。なんなら全部でもいいのよ？」

声は抑えていたつもりだったけれど、最後はちょっと鼻息が荒くなってしまったわ。

怖がらせていないか心配したけれど、アイもまんざらではなさそうでほっとする。

照れたようにはにかみながらも、アイは自分からせっせと次の服を探していた。ふふ、いい兆候ね。やっぱりドレスは全部買いましょう！

私は満足げにうなずくと、仕立て人を呼んだ。そうして話している最中に、ふと気づく。

……部屋の隅に、よく見たら幽霊のようにぬぼーっとユーリ陛下が立っていたのよ。

「うわ⁉　びっくりしましたわ陛下！　いらしていたなら声をかけてくださいませ⁉」

「……いや、その、また驚かせても悪いかと……」

一応、気をつかってくれていたみたい。前回、怒りすぎてしまったかしら……。

「それで、どうなさったのですか？」

……まさか、服を買いすぎだと注意されるのかしら？　でも自分の服ならともかく、アイの服は少しも妥協したくないわ！　だから全部私のお小遣いで買うわよ！

なんて心の中で反論を考えていると、陛下が全然違う話を始めた。

「……聖女のことなのだが、やはり一度降臨した聖女を帰す術《すべ》は見つかっていない」

「そう、ですか……」

私の目がアイに向けられる。アイは手伝ってもらいながら、違うドレスに着替えていた。

「サクラ太后陛下なら何か知っているかもしれないと思ったのだが……残念ながら会ってもらえなかった」

そう言って陛下は目を伏せた。

——サクラ太后陛下はこの国の前王妃であり、アイの前の聖女だ。

聖女の話は、聖女から聞くのが一番てっとり早い。きっと陛下はそう思ったのだろう。けれどサクラ太后陛下は前国王に裏切られて以来、ずっと離宮に引きこもっていた。

それに、ユーリ陛下はサクラ太后陛下にとっていわば愛人の子。顔も見たくない、ということなのでしょうね。

私は苦々しく思いながら、同時に心のどこかでほっとしていた。

アイは五歳。本当なら帰す道を探すのが正しいのかもしれない。

……でも、嫌だったの。

あの子をあんなに傷つけ、怯えさせる親のもとに帰して、あの子が幸せになるとは思えなかったのよ。

私と陛下が黙り込んでいると、たたたっと足音がして笑顔のアイが駆け寄ってくる。

アイは、白のチュールがふんわりと膨らんだ、透明感のあるワンピース風ドレスを着ていた。目もくらむような可愛さに、私が悶《もだ》える。

「まああっ!! 天使!! 天使が舞い降りましたわ!! 可愛すぎて、寿命が一〇年は延びる音が聞こえましたわよ!! 陛下もそう思いませんことっ!?」

その言葉で、アイも陛下がいることに気づいたらしい。やや怯えた表情になる。

ユーリ陛下が困惑した表情で、ぼそぼそと言った。

「……ああ、とても、似合っていると思う」

すぐさま私は陛下を小突いてささやく。

「そういう時は『似合う』じゃなくて、すごく可愛いって言うんですのよ！」

「す、すごく可愛い……と思う」

陛下の言葉に、アイがびっくりした顔をして――それから少しだけはにかんだ。それは花が咲いたような、可憐な笑みだった。

うふふ、はにかんだ顔も最高。……って、ついまたうっとり見とれてしまったけれど、実はここ最近、思っていることがあるの。

それは――アイに、こちらの言っている言葉が通じているわよね?

私はアイをじっと見つめた。もし本当に言葉が通じているのなら、ゆっくり時間をかければ、ユーリ陛下に対する恐怖心を取り除いてあげられるかもしれない。

陛下は黙っていると近寄りがたいけれど、根はいい人なのよ。

その証拠に、彼は王子でありながら民を守るために、ずっと騎士団で魔物と戦ってきたの。それも、最も過酷と言われる第三騎士団で。

私が考えていると、突然目の前でアイの体がびくんっと震えた。

「アイ？　どうしたの？」

そんな私には構わず、アイが窓に向かって走っていく。

「危ないわ、落ちないように気をつけて――」

あわててその後を追い、アイの腕を摑《つか》んだ瞬間、私の体にびりっとした衝撃が走った。

「っ……⁉」

同時に、頭の中に流れ込んでくる文字。


『聖女アイ：スキル魔物感知を習得』


……えっ？　何これ？

手に走った衝撃と、頭の中に浮かび上がる文字に、私はしばらくその場に固まっていた。

何？　この見たことない文字。なのになんで私、これが読めるのかしら……？

「エデリーン？」

怪訝《けげん》な顔の陛下にハッとする。同時に、文字が頭の中から消えた。

「あっ、ご、ごめんなさい。今何か変なものが見えて……」

戸惑いながらアイを見ると、彼女は窓の向こうの、北の空をじっと見ていた。

もう一度そっとアイの肩に触れる。けれど今度は何も起こらない。……さっきのは気のせいだったかしら？

そんな私に、陛下がずいと近寄ってくる。

「変なもの、とは？」

「あ、いえ……なぜか〝すきる〟、とかいう単語が見えた気がして……」

そう言った瞬間、陛下の目が見開かれた。それからガシッと私の肩を掴む。

「スキルが発動したのか⁉」

「え、えっと？　発動って、何がです……？」

戸惑う私に、陛下がまくしたてる。

「歴代聖女は、代々特殊な〝スキル〟という魔法が使えるらしいんだ！　もし彼女がスキルを使えるのなら、つまり本物の聖女だということ！」

その言葉に、私はさっき見たものを必死に思い出そうとした。

「……さっき見た文字は、確かに『聖女アイ』と読めましたわ。それから、『スキル魔物探知』とも」

「魔物探知だと？　まさか……！」

陛下の顔が険しくなる。それからアイが見つめている方向を確認すると、近衛騎士に向かって言った。

「騎士団に召集をかけよ！」

「はっ」

陛下が私の方を向く。

「しばらく留守にする。その間、聖女を頼む」

事態がよく呑《の》み込めていなかったけれど、私はあわててうなずいた。そのままユーリ陛下たちがあわただしく部屋から出ていくのを見送ってから、そっとアイに寄り添う。

……聖女の魔法が使えるのなら、やっぱりアイは聖女なのかしら……。

小さな肩にのしかかる責任の重さを考えて、ぎゅっと胸が痛くなる。つらい思いをしてきた分、今はただただ穏やかな幸せに包まれてほしいのだけれど……。

その時、アイが不安そうな顔でこちらを見た。自分でも何が起こったのかよくわかっていないらしい。私はハッとした。

……そうよ、この場で誰よりも不安なのは、アイなのよ。

彼女の小さな手が、恐怖をこらえるように、ぎゅっと服の裾を握っている。

それを見ながら、私は強く決意した。

聖女だろうとそうじゃなかろうと、関係ない。


こうなったら、私がこの子を守ればいいのよ！

私は鼻息荒く、拳を突き上げた。


数日後、アイと一緒に絵を描いていたところに、興奮した様子のユーリ陛下がやってきた。アイが、サッと私の後ろに隠れる。

「エデリーン、聞いてくれ！ この間教えてくれた『魔物感知』は、確かに機能していた！」

陛下は興奮したように語った。

いわく、アイの見た先に村があり、そこに騎士団を派遣したこと。数日は何も音沙汰がなく、杞《き》憂《ゆう》か？ と思い始めた矢先に魔物が襲来してきたこと。騎士たちが万全の態勢で迎え撃ったこともあり、わずかなけが人を除いて、騎士も村もみんなが無事だったこと。

「まあ……！ 皆さんが無事で何よりです。では、アイはすごいことをしたのね！」

言いながら私はぎゅっとアイを抱きしめた。けれど彼女はどこか困ったような顔で、首をふるふると振っている。

「……自分のおかげじゃないと言いたいのね？」

聞くと、アイはこくんとうなずいた。そこへ陛下が身を乗り出す。

「いや、これは君のおかげだ。魔物の襲撃を知れたことで、どれくらいの人たちが命を救われたと思う？ 君はまごうことなき聖女なんだ……!!」

そこまで言って、彼はハッとした。アイが怯えた目をしているのに気づいたのだろう。

「すまない。怖がらせてしまった」

言って額を押さえる。それを見て私はくすっと笑った。

自分で気づけるようになっただけ、大成長よね。私も少しはフォローしないと。

まだ納得がいかなさそうなアイの頭を、私は優しく撫でた。

「アイは賢いのね。自分がしたことをちゃんと理解している。うちの妹だったら絶対『よくわかんないけど褒められた！ エッヘン！』ってしているところよ」

妹の真似《まね》をして胸を反らすと、アイがくすくすと笑う。

そんな彼女に、私は一瞬ためらってから――ずっと思っていたことを口にした。

「……それとね。聖女の力は素晴らしいけれど、それがなくてもあなたはとっても素敵な子よ」

アイがふたたび不思議そうな顔になる。

無理もないわね。少し突拍子がなかったかしら？　でも、大事なことだから、きちんと伝えておきたかったのよ。

「まだ少ししか一緒に過ごしてないけれど、その間に私、アイのいいところをたくさん見つけたのよ？」

微笑みながら私はスウッと大きく息を吸い込んだ。もしかしたら、きらっと目が光ったかもしれない。

「まず、笑顔がとっても可愛いところでしょう。それからおいしそうにいっぱいごはんを食べるところでしょう。次にごはんを食べた後すぐ眠くなっちゃうところでしょう。それにお風呂に入るとふやぁーって溶けちゃうところでしょう。あと寝る時に口からよだれたらーんって垂らしちゃうところでしょう。それから、それから」

私の怒濤《どとう》の早口攻撃に、アイがあわあわと手を振る。ふふっ、恥ずかしがっている顔も可愛い。

私は微笑みながら、アイの小さな丸いおでこに、こつんと自分のおでこをくっつけた。

「本当はね、特別な力なんてなくてもいいのよ、アイ。あなたは生きているだけでえらいの。……生まれてきてくれて、ありがとう」

『聖女だから褒めているわけじゃない。あなたがあなただから、褒めているのよ』

そんな私の気持ちが伝わったのだろう。アイが、きゅっと目をつぶった。泣きそうな、でもどこか嬉しそうな顔だった。

「それから陛下」

アイのほっぺを両手でもにもにと包み込みながら、私は陛下の方を向いた。

「彼女は聖女である前に、アイという名前がありますわ。陛下も『聖女』ではなく、『アイ』と呼んでくださいな」

陛下が一瞬目を丸くしてから、ゆっくりとうなずく。

「……わかった。今後は私もアイと呼ぼう。……そう呼んでもいいだろうか？」

ふたりで見ると、アイは上目遣いで私と陛下を見つめ……コクンとうなずいた。

「ふふ。これから私と一緒に、たくさん楽しいことしましょうね、アイ。ピクニックに、ボート遊びに、ケーキバイキングに……あ、陛下もご一緒しなきゃね？」

「エデリーン……。今、私のことを一瞬忘れていただろう」

ユーリ陛下が複雑な顔でつぶやけば、私は笑った。見るとアイも笑っていた。

それは、今まで見た中で一番、嬉しそうな顔だった。


それから私たちは、文字通り〝楽しいこと〟をたっくさんした。

アイは甘いものが好きだから、ある時は山盛りのケーキをみんなで食べたの。……陛下は早々に胸焼けして、離脱していたけれど。

また別の日には乗馬もしたのよ。アイは動物も好きみたいで、大きな犬はもちろん、馬にも目を輝かせていたわ。

陛下は乗馬が得意だから、アイを抱っこしてもらったの。ただ小さい子どもと一緒に乗るのは初めてだったらしくて、おたおたしていたわ。その顔がおかしいったら。

それから、ふたりで一緒に陛下の似顔絵も描いたのよ。ユーリ陛下は絵をなんと褒めていいかわからなかったみたいで、「……五歳の私よりは絵が上手だ」なーんて言って、また私にどつかれていたけれど。


「ふふっ今日も楽しかったわね。おいで、アイ。もう寝ましょうか」

夜。寝巻きに着替えた私は、広いベッドに座ってアイを手招きした。本当はアイにも専用の部屋があるのだけれど、広すぎて怖いみたい。だから、今は毎日私と一緒に寝ている。

私が呼ぶと、アイはすぐに駆け寄ってきた。ふたりでベッドに潜り込むと、アイがもぞもぞと身を寄せてくる。

そのままぎゅっと抱きしめてあげると、アイは嬉しそうにへへっと笑った。

「……ねえ。アイは、無理してない？」

その頭を撫でながら、私は小さな声で聞いた。

アイは来てからずっと、本当にいい子だった。わがままを言うこともなく、私が言ったことはなんでもよく聞く。――でも、それは大人から見た〝いい子〟なだけ。

「アイ。もし嫌だったら、嫌って言っていいのよ？　無理して笑う必要なんかないわ。……あなたがどんなにわがままな子でも、私はあなたを嫌いになったりしないもの」

私の妹たちは、それはもうわがままでおてんばで、色々すさまじかったけれど、それは『わがままを言っても離れていかないから』ってわかっているからなのよね。

……まあ妹たち並みにわがままになったら困っちゃうけれど、アイは我慢してきた分、それくらいがちょうどいいとも思うわ。

私の言葉に、アイがふるふると首を振った。それからぎゅっと抱きついてくる。

……そうよね、そんなすぐには出せないわよね。でもね、アイ。いつかあなたに信じてもらえる日を、ゆっくり待っているわ。

私はトン……トン……とアイの背中を叩き始めた。

昔、よく妹たちをこうして寝かしつけていたのよ。それを思い出しながらトントンしていると、アイの目がとろんとしてくる。それからすぐに穏やかな寝息をたて始めた。

しっとりと湿った息に、上下する小さな胸。枕に押しつけられて、むにゅっと潰れたほっぺ。

ふふっ。寝ている子どもの顔って、なんでこんなに可愛いのかしら……。

私はまた微笑んで、まあるい小さな頭にそっとキスを落とした。

おやすみ、アイ。楽しい夢を見てね。

❖

「最初はどうなるかと思いましたけれど、今となってはよかったかもしれませんわね」

それからしばらくが経ち、すっかり回復してよく笑うようになったアイを見ながら私は言った。

手や足にあった痛々しいあざが消え失《う》せたからか、それとも思ったことを言えるようになってきたからか、アイは最近、膝丈ぐらいのスカートを好むようになった。陛下は「そんな短いスカートをはいて……！」とハラハラしていたけれど、私はとても可愛いと思う。

「そうだな。どんな理由であれ、子どもを殴る親の元になんていさせられない。……親が目の前にいたら、即座に斬り捨てていたところだ」

ギラッと陛下の目が光る。彼はもともと騎士団ですさまじい活躍をしていたのもあって、〝軍神王〟なんてあだ名がついている。そのせいか、眼光の鋭さも半端ない。

とはいえ、陛下の言葉には私も深く同意よ。

「私なら魔物の群れに放り投げて、ぎったんぎったんにいたしますわ」

そこまで鼻息荒く語ってから、私ははたと気づいた。横では、アイがしっかりとそれを聞いていたのだ。

「ごめんなさい！　アイのご両親を悪く言ってしまったわ！」

「すまない！　アイを前に言う言葉ではなかった」

揃《そろ》っておろおろする私と陛下を見て、アイはにこりと笑って首を振った。

それから小さな体が私の胸に飛び込んでくる。あたたかい体に、私は少しだけ泣きそうになった。

私はアイに、ゆっくり語りかける。

「……アイ、これだけは覚えておいて。実の親であっても、あなたを叩く人は悪い人よ。あなたは愛されるために生まれた子ども。ううん、あなただけじゃない。すべての子どもたちは、みんな愛されるために生まれたの。だから自分が悪かったなんて思わないで。あなたは生まれた時からずっと、素敵ないい子なのよ」

ぎゅっとしがみついてくるアイの頭を、私は優しく撫でた。

——この子が聖女だからとか、そんなのは関係ない。ただ私がアイを幸せにしてあげたい。その一心だった。


アイの傷が癒えるのと連動して、マキウス王国では小さな変化が起こり始めていた。あちこちで観測されていた魔物が、少しずつ姿を消し始めたのだ。

それを教えてくれたのは、目を輝かせたユーリ陛下だった。

「アイ、これは君のおかげだ！　君の聖女としての力が、国を守ってくれているんだ」

言われて、アイはまた困ったようにこてんと首をかしげる。相変わらず無意識らしい。

「まあ、ではユーリ陛下の愛がアイに届いたのですね。聖女は愛されれば愛されるほど、力を発揮すると言っていましたもの」

よかったわね、と頭を撫でれば、なんとなくいい雰囲気を察したらしいアイがにへへと笑う。それを見た陛下が小声で言った。

「……いや、どちらかというと、君の愛が届いたのだと思う」

「私の？」

今度は私が首をかしげる番だった。陛下がうなずく。

「聖女は愛されれば愛されるほどその力を発揮する。だがそれは男女の愛に限られたことではないんだ。君がアイを想《おも》う力が、何より彼女の支えになっているんだと思う」

「まあ、そうなんですか？」

異性愛じゃなくて家族愛でもいいなんて、初耳よ！

でも私がアイを愛することで彼女の力になっているのなら……なんて素晴らしいことなのかしら。

だって私がこの子を愛する気持ちは、きっと一生消えることはないと確信しているんだもの。理由を聞かれると自分でもよくわからないけれど、こういうのを母性愛……と呼ぶのかしら？

それから私は、思い切ってずっと考えていたことを言った。

「ねえ、アイ……。よかったら本当に私たちの子にならない？　私と、ユーリ陛下の子に」

その言葉に、アイと陛下が同時に目を丸くする。

「ずっと考えていたの。私と陛下は仮初めの夫婦。でも、だからこそ、あなたを守ってあげられると思うの。それに……」

私はそこで一度言葉を切り、ちらと陛下の方を見る。

「……万が一あなたが将来ユーリ陛下と結婚したいというのなら、侯爵家の養子に入ってもらえれば私が身を引くし……」

「いや、ない！　彼女と結婚は絶対にない！　アイは子どもだぞ！」

あわてたように首を振る陛下の横で、アイもぶるぶると勢いよく首を振っている。揃えたような動きはまるで親子だ。私はプッと噴き出した。

「そうね、ここでアイを娶《めと》りたいなんて言ったら、陛下を軽蔑するところだったわ」

「君は私を一体なんだと思っているんだ……」

額を押さえる陛下を見て、私とアイはくすくす笑った。

――そんな時だった。ピクン、とアイの体が震えたのは。

何度か見てわかったのだけれど、これはアイのスキル『魔物探知』が発動した時の反応だ。私はすぐにアイの反応を見ようとしゃがみ込む。

そこへ、廊下からバタバタと足音がしたかと思うと、騎士たちが部屋に飛び込んできた。

「陛下、大変です!!　聖女の間に突如謎の召喚紋が現れました!!　禍々《まがまが》しい気配、もしかしたら上位の魔物かもしれません!!」

「なんだと!?　すぐ行く、騎士を集めよ!!」

腰に剣を携え、陛下が飛び出していく。

私はぎゅっと手を握った。

まさか王宮の中に魔物だなんて……！　サクラ太后陛下の力が弱まっているとはいえ、ここにはアイだっているのに……！

気が動転しそうになるのを抑え、私は大きく息を吸い込んだ。

いえ、あわてている場合ではないわ。アイを安全なところに避難させなければ……！

だがアイは、何かを感じ取ったかのようにピンと背筋を伸ばしたかと思うと、陛下の後を追って走り出した。

「アイ！　待って！　そっちは危ないわ！」

私は追いかけた。

駆けつけた召喚の間は、今まで見たこともない異常な瘴気《しょうき》に覆われていた。

吸っただけで胸を悪くするような、どす黒い気にウッと鼻を覆う。先についた騎士たちが、苦しそうに顔をしかめていた。

「アイ⁉ なぜここに⁉」

部屋の奥からユーリ陛下の声。見れば、大きな黒い渦の前に立った陛下の服を、心配そうな顔のアイが掴んでいた。

「アイ！ 危ないわ！ こちらに来るのよ！」

私がアイの腕を掴み、連れ出そうとしたその時だった。

キィィイイン、という奇妙な音とともに空間がぐにゃりと歪《ゆが》み、渦から青白い手が突き出されたのだ。

私は咄嗟《とっさ》にアイを隠すように抱きかかえた。魔物が襲ってきても、彼女だけは守らなければ！

「エデリーンとアイを守れ！ 傷ひとつつけさせるな！」

剣を抜いた陛下の怒号が響く。すぐさま騎士たちが、私とアイの周りを囲んだ。そんな私たちの目の前に、渦の中からゆっくりと魔物が――いや、人間が現れた。


「マ、マ……？」

胸の中のアイが、小さくつぶやく。

「……え？」

私は驚き、あわてて渦から出てきた人間を見る。

現れたのは、男女のふたり組だった。どちらも私より年上に見える。彼らはアイと同じ風変わりな服を着て、けれど目は血走り、すさんだ空気を醸し出していた。

言葉もなく驚いていると、ふたりがアイに気づいたらしい。

「愛、てめぇ！ 今までどこにいたんだよ！」

「そうよ！ あんたのせいで警察に捕まっちゃったじゃない！ このままじゃあたしたち逮捕されちゃう、早く帰るわよ！」

わけのわからないことを叫びながら、ふたりはアイに近づいてこようとした。

「──そこまでだ。アイに手出しするなら、容赦はしない」

剣を抜いた陛下がギラリと刃を輝かせて、ふたりの行く手をさえぎる。

「な、なんなんだお前！ 変な服着て……警察呼ぶぞ！」

「その子はあたしたちの子なんだから、早く返して！」

だが彼らがどんなに唾を飛ばして叫ぼうとも、陛下は冷たくにらんだまま、まったく動じない。

たじろいだ女が、今度はアイに向かって叫ぶ。

「愛！ おいで！ ママと一緒に帰ろ!? 家に帰れば、おいしいケーキがあるよ！」

アイは震えながら、ぎゅっと私にしがみついた。

この人……！ 散々アイを傷つけておいて、今さら連れ戻そうだなんて！

私は我慢できずに叫んだ。

「おだまりなさい！　あなた方にこの子の親を名乗る資格はありません！」

「なによあんた、えらそうに……！　あんたなんかただの誘拐犯じゃないの！　愛！　わがまま言ってないでさっさと帰るよ！」

その言葉に、カッと頭に血がのぼる。

私はアイを騎士に預けると、女に向かってずんずんと歩いていった。

「誘拐で結構よ!!　アイはうちでたっぷり甘やかして、たっぷり可愛がって、たっぷり幸せにしますから、どうぞお構いなく!!　さっさとお引き取りください!!」

それから両手で、どん！　と力いっぱい女を押す。

彼らが渦から来たのなら、また渦にお帰りいただけばいいのよ！

「きゃっ！」

目論見通り、バランスを崩した女が渦の中にずぶずぶと倒れ込んでいく。

「てめぇっ……！」

隣に立つ男が、私に殴りかかろうとしていた。だが男の拳が繰り出される前に、陛下がみぞおちに拳を叩き込んだ。そのまま流れるように鮮やかな回し蹴りも入れて、渦の中に蹴落とす。陛下がアイに向かって叫んだ。

「アイ！　君はどうしたい！　私たちの子になるか!?　それともあちらに帰りたいか!?」

アイは泣いていた。泣きながら、小さな体を震わせるようにして叫んだ。

「あ、アイは……エデリーンにママになってほしい！　パパは、ヘーカがいい！」

──その瞬間、アイの言葉に釣られるように、渦が爆発音を立てて霧散した。

同時に、アイの両親だという人間も消えた。後に残されたのは私たちと、アイだけ。

「アイ！」

私はすぐさまアイの元へ走り、小さな体を抱きしめた。小さな手が、一生懸命ぎゅっとしがみついてくる。その頭を、陛下が優しく撫でる。

「……アイ、酷なことを聞いて悪かった。その代わり、私たちが君を大事にすると誓おう。君の本当の両親の分まで、いやその何倍も幸せにしてみせる」

その言葉に、アイは泣きながらうなずいていた。私から離れておずおずと、けれどしっかりと陛下に抱きつく。

それを微笑みながら見ていると、陛下が今度は私を見た。

「……その、エデリーン。君も、私とともにアイの親になってくれないだろうか」

「もちろんです。私はお飾りですが陛下の妻です。誠心誠意、尽くさせていただきますわ」

けれど私の言葉に、陛下が口ごもる。

あら？　欲しかったのはこの言葉じゃなかったのかしら？

「その……それなのだが……お飾りというのも、もうやめたいのだがどうだろう……？」

「えっ？」

私がきょとんと見つめると、陛下が顔を赤らめた。

「いや……その、都合がいいことを言っている自覚はある。……だけど私は君と、夫婦になりたいんだ。愛のある、本物の夫婦に」

言い終わる頃には、陛下が耳まで赤くなっていた。

言葉の意味がわかって、じわじわと胸があたたかくなる。私はこらえきれず、微笑んだ。

「もちろんですわ――ユーリ様」

そんな私たちをアイがニコニコしながら見つめ、小さな手が私の腕をはっしと掴む。

その瞬間、またもやばちっと体に衝撃が走った。

「うんっ⁉」

「？　エデリーン？」

怪訝そうな顔のユーリ様を尻目に、私の頭にふたたび頭に流れ込んでくる文字。

『聖女アイ：スキル以心伝心を習得。対象、王妃エデリーン』

……待って、今度は何⁉

第二章　新たな幕開け

◇◇？？？・？？？◇◇

——まったく腹立たしい。


ずるり、ずるりと体を引きずりながら、我は暗い地の底を這《は》うようにして進んでいた。

……ああ、今日も体が重い。苦しい。喉が渇いた。腹がすいた。

本当は、一歩も動きたくない。だが、失敗したあやつらを処理せねば。……まったく、聖女を片づけるためにわざわざ門をあけてやったのに、まんまと追い返されおって。

ずるり、べちゃっ、ずるり。

……ここにいたのか、役立たずどもめ。

瘴気が立ち込め、紅い月が輝く空の下。我は目当ての人間たちを見つけた。

異世界の人間である男も女も、我ですら反吐《へど》が出そうな匂いを出している。——さすが、聖女の親。

ずるり。歩みを進めると、女の方が我に気づいた。

ヒッと引きつった叫び声を上げ、あわてて男の裾を引っ張っている。

「ね、ねえ！　暗闇に何かいる！」

「あん？　一体何が……」

その時、雲に隠れていた月がサッと姿を現した。月光に照らし出された我の姿を見て、ふたりが絶叫する。

「き、きゃあああああっ！」

「うわあああっ！　バケモノ!!」

ガタガタと震え、ふたりがぺたりとその場に座り込んだ。

……ふん、我の姿は腰が抜けるほど怖いか。ならば、見えなくしてやろう。

我はヒュッと手を振った。

紫色の液体がビチャッと飛び散り、それを顔に浴びたふたりが悶絶《もんぜつ》する。

「うわああっ！　目が！　目があああ！」

「痛いいいいい！」

……まったく、声まで耳障りだな。これくらいで痛いだと？　お前たちの子が受けた痛みに比べれば、ささいなことだろうに。

「おい、誰かおらぬのか」

我がイライラしながら言うと、シュンという音とともに後ろに気配を感じた。

「――ここに」

「あのふたりをさっさと片づけよ。うるさくてかなわん」

「承知いたしました」

それだけ言い捨てると、我はきびすを返した。後ろでは何をしているのか、バキボキと骨の折れるような音や、ぞっとする断末魔が聞こえる。

――ああ、本当に腹が立つ。

我は心の中で毒づいた。

女神の紋に侵入し、今にも消えそうな弱い聖女を連れてきたはずだったのに、なぜ聖なる光が増しているのだ？

ずるり。ぬめった体の中から巨大な鏡が浮かび上がる。その鏡面に映っているのは、のんきに笑う聖女の顔だ。それに釣られるように、鏡の周りが淡く白く光り始める。

……まずいな。弱いどころか、これは放っておけばさらに強く輝き出してしまう。そうなる前に、なんとしてでも止めねば。

ずるり、べちゃっ、ずるり。

……ああ、それにしても腹がすいた。

我は何も食べなくても生きていける。だというのに、消えることのない飢餓感は、我をずっと苦しめていた。

ふと、鏡が目に入る。

その中では、ひとひねりで潰してしまえそうなほど小さな聖女が、ふかふかした、白くて丸い何かにかぶりついていた。

ぷくっとほっぺが膨れあがり、目が幸せそうに細められる。

……なんだあれは。……うまそうだな……。

ぐぅと、とっくに死んだはずの腹の音が鳴った。

◇◇王妃エデリーン◇◇

「――以心伝心というのは、どうやらアイの色々なことが、私にわかるようになるみたいですわ」

朝食を食べながら、私はここ数日でわかったことをユーリ様に話していた。

隣では、アイがもふもふと白パンにかじりついている。どうやら朝ごはんにこれを食べるのがお気に入りらしい。目が合うと、アイはにこっと笑った。

今朝のメニューは、アイのお気に入りである白パンとオムレツと新鮮なフルーツ。私とユーリ様はスクランブルエッグとベーコンだ。

「色々なこと、とは？」

ユーリ様がフォークを持つ手を止め、じっと私の言葉を待つ。

「まず、こうしてアイと手を繋《つな》ぐでしょう」

私が手を差し出すと、アイがパンをほっぺに詰め込んだままサッと手を乗せてくる。

それはまるで利口なわんちゃんが「お手」をしているようで、思わずふふっと笑みがこぼれる。

しかもその瞳が、「上手にできたでしょ？」と言いたげに輝いているものだから、なおさら。

気のせいか、アイに大きなお耳とふさふさのしっぽが見える気がするわ……！

可愛さに頬をほころばせていると、私の頭の中にするんと文字が浮かび上がった。

『聖女アイ：スキル魔物探知、以心伝心（対象、王妃エデリーン）』

『ほめてもらえるかなあ？』

……ふふっ、成功したみたい。気持ちが丸わかりね。

「ばっちりよ、とってもうまくいったわ！　ありがとう、アイ」

頭をわしゃわしゃしながらお礼を言うと、アイがえへへと笑う。

「と、このように、スキルが発動するとアイの状態や気持ちが私に見えるんです」

アイの髪を整えながら、私はユーリ様に言った。

「……その〝以心伝心〟は、君にしか効果を発揮しないのか？」

「そのようですわ。対象欄に載っている名前が、私だけだからかもしれません」

それを聞いたユーリ様が考え込む。

「ならば、君にも役職が必要だな。アイを助け、サポートし、この国との橋渡し役をする役だ。

……エデリーン、引き受けてくれるか？」

私はにこりと微笑んだ。

「もちろん、最初からそのつもりです。アイは私の可愛い娘ですもの」

横にいるアイをぎゅううううっと抱きしめると、パンくずをいっぱい口の周りにつけたまま、アイが「くるしいよぉ」と悲鳴を上げてキャッキャッと笑った。


――それから数日後。

アイと一緒に絵を描いていた私の元に、今度は穏やかな顔をしたユーリ様が現れた。

この時間はいつも政務が一番忙しい時間帯なのに、どうしたのかしら？

私が不思議そうに見ると、ユーリ様が優しく微笑む。

「エデリーン、無事終わった」

……終わったって、何が？

そんな私の疑問に答えるようにユーリ様が言う。

「アイを養子に迎える手続きが完了した。これで、アイは正式に君と私の子だ」

「まあっ……！」

私はパッと顔を輝かせて立ち上がった。

気持ちではもうとっくにアイの親のつもりだけれど、やっぱり正式に認められると感慨深いわよね！　堂々と家族だと言える喜び！　ふふふ、今日はすれ違った人全員にアイを「うちの子よ」って紹介しちゃおうかしら⁉

私は嬉しくなって、アイの両手を取った。それからにこっと微笑みかける。

「よろしくね、アイ。初めてママになるけれど、私、一生懸命頑張るわ！」

アイには、まだ手続きといった難しい仕組みはわからないだろう。けれど私が嬉しそうにしているのに気づいて、なんとなく一緒になってニコニコしてくれている。

「あ。私がママってことは……」

はたと気づいて、私はユーリ様を見た。陛下がコホンと咳払いする。

「も……もちろん、私が、パパ……だ」

ぎこちない言葉に、私はふふっと噴き出した。

「よろしくお願いしますわ、あなた」

そう言った瞬間、ユーリ様の顔がボンッと赤くなった。……あらあら？　こちらも最初とはずいぶん、態度が変わりましたわね？　もっと無味乾燥な人かと思っていたのに。

くすくす笑っていたら、アイが私の手をぎゅっと握った。見ると、もじもじしている。

それから頭の中に文字が流れ込んできた。……アイが、スキルを発動させたのね。

『……ママって、よんでいいの？』


ん……んまああああああ――――!!


私は心の中で絶叫した。……一瞬だけ「ジジッ」って声が漏れたのは聞かなかったことにしてほしい。

とにかく!!　アイの言う『ママ』の威力ったら!!　危うく私の心臓が止まるところだったわ!?

「もちろんよ!!」

光よりも早くしゃがみ込んで、私はアイと目線を合わせた。

「アイの好きに呼んでいいのよ！　ママでも母様でも母上でも、なんなら名前呼び捨てでもいいのよっ！」

鼻息荒く話しかけると、アイが照れたように笑う。それから小さな声でつぶやく。

「……ママ」

天！　使！　降！　臨！


私はズシャアッとその場に崩れ落ちた。

「エデリーン⁉」

「ママっ⁉」

「ご、ごめんなさい……！　あまりの可愛さに意識を失うところだったわ……！」

それからサッとハンカチで鼻を押さえる。……鼻血が出ているとバレたら、アイを心配させてしまうものね。淑女の身だしなみとしてハンカチを持っていて本当によかったわ。

「とっても嬉しいわ、アイ。抱っこしてもいい？」

手を伸ばせば、嬉しそうなアイがぽすっと胸に飛び込んでくる。その拍子に鼻血がじわぁとハンカチを染め上げた。でも、抱っこしているからアイには見えないはず。

「エデリーン、君……⁉」

ユーリ様がすごい顔でこちらを見ているけれど、私は必死の形相でシッ！　と人差し指を立てた。

その意図を理解してくれたユーリ様が、あわてて新しいハンカチを差し出してくれる。

「ありがとうございます。後で洗って返しますわね」

「まったく君は……」

やれやれという顔のユーリ様を見ながら、私はふとあることを思い出した。

鼻周りを綺麗に拭って、汚れたハンカチをさっとしまい込む。

「そういえばアイ、ユーリ様のこともパパって呼んでいいのよ？」

その言葉に、ぴくっとアイの体が震える。

それから顔を上げたアイは、なぜかにゅっと下唇を突き出し、眉間にふかーいしわを寄せていた。

……あれ？　なんか思っていた反応と違う。

どう見てもこれ、嫌がっている顔よね……？

……なんで⁉　どうして⁉　最近はユーリ様とあんなに仲がよかったのに、何がいけなかったの⁉

この間、「パパはへーカがいい」って、言っていたわよね⁉

私が内心ものすごく動揺していると、アイがぎゅっと私の手を握った。同時にするりと浮かび上がる文字。

『……それはいい』

「あっ、そ、そうなのね⁉　でもえらいわ。本音が言えるようになってきたものね⁉」

私が動揺を隠して頭を撫でると、アイは猫のように目を細めて頭をぐりぐりこすりつけてきた。

その顔はいつも通りにこにこしている。

ってことは、言い間違えとかじゃ、なさそうなのね……？

「エデリーン……その、アイはなんて……？」

コホン、と咳払いしながら、そわそわした様子で聞いてきたのはユーリ様だ。

あっまずいわ、これ。目が完全に期待しちゃってるやつだ。

「えっ……と……」

ここはなんて言うべきかしら⁉　「恥ずかしがってるみたい」と嘘をつくべき⁉　でも、変に期待させるのも酷よね？　ここは思い切って正直に……。

「そ、それはまだちょっと早い、かもしれないですわ……？」

途端、ユーリ様がズゥゥウウンと落ち込んだ。

❖

「……そろそろ……ずっと延期していた聖女披露式典をやろうと思うのだが……」

さんさんと日光が差し込むユーリ様の政務室で。

一体どうやっているのか、ユーリ様がどんより、どんよりという効果音を発しながら力なく言った。

……この間アイに〝パパ呼び〟を拒否されてから、ずっとこの調子なのよね。

本当に一体、なんでユーリ様をパパって呼ぶのが嫌なのかしら……。

とはいえアイに強要するわけにもいかないし、そのあたりは時期を見てこっそり聞くしかない。

今は呼んでもらえる日まで頑張れユーリ様！　それしか言えないわ！

心の中でユーリ様を応援しながら、私は言った。

「聖女披露式典、やらないとだめですわよね……」

「ええ、そろそろ信徒たちも限界でして……」

隣で汗をフキフキしながら言ったのは大神官だ。アイを召喚した時にもいた人ね。名前は確かホートリーだったかしら？

つるんとした頭に、下がり気味の眉、口の上にちょこんと乗ったおひげ。全体的に小さくこぢんまりとしたシルエットは、歴代大神官たちの厳《いか》めしさからはずいぶん離れている。……どちらかというと、人のよさそうなおじさんって感じ。

アイはそんな私たちの後ろで、侍女たちに囲まれてお絵かきをしている。

「おじょうずですわ！」

「きれいなまるですわ！」

「色使いがパワフルですわ！」

初めは少し緊張していたアイも、侍女たちにちゃっほやされて、今はまんざらでもなさそう。

ふふっ、描きあがった絵を披露している姿も可愛いわね。

その様子を微笑ましく眺めながら、私は再度ユーリ様の方を向いた。彼は相変わらず、どよどよと謎の効果音を発している。……本当にどこから音が出ているの？　それ。

きのこが生えてきそうな気配に、私は我慢できなくなって小突いた。

「んもうっ。しゃんとしてくださいませ！　あんまり暗い顔をしていると、またアイに怖がられますわよ？」

この言葉は効果てきめんだったらしい。たちまちユーリ様の背筋がピシっと伸びた。

私が満足げにうなずいていると、ホートリー大神官が汗をフキフキしながら言う。

「本来なら、聖女降臨から一か月後に披露式典を執り行うのが慣例……。聖女様の健康状態を理由に延期してきたのですが、神殿内で徐々に不満の声が出てきておりまして……」

「まあ、そうよね……」

聖女は女神の娘。つまり女神を信仰する神殿にとっては、何より大事な存在。私ががっちりと囲い込んでしまったけれど、彼らにこそ実は聖女が必要なのよね……。

そこへ、ユーリ様も口を開く。

「民からも、聖女はどうなっているんだという声も多い。このあたりで一度アイの姿を見せ、彼らを安心させてやらなくては」

その言葉に、私はしぶしぶながらもうなずいた。

私がここで無理を言えば、式典は延ばしてもらえるだろう。けれど将来的なことを考えると得策ではないのよね。

出し惜しみすることで「なぜ姿ひとつ見せられないのだ？」と反感や不信感を持たれる恐れがあるんだもの。……このあたりは、妃教育で履修済みよ！

私は悩んでから、よし、とうなずいた。

こうなったらアイをパッと出して、パッと引っ込めちゃいましょう！　幸いにも私は王妃兼、聖女補佐役。アイの負担をどれだけ減らせるか、私の腕にかかっているわ。

私がひとり使命に燃えていると、ホートリー大神官がおそるおそる口を開く。

「あのう……こんなことを言うのもなんですが、その、聖女様は、まだ幼いでしょう？　国民たちが、かえって不安を感じたりは……？」

その言葉に、ユーリ様の目がぎろりと光る。ホートリー大神官が「ヒッ」と叫んであわてて手を振った。

「けけけけ、決して、聖女様をけなしているわけでは……!!」

「……わかっている」

ため息をつくユーリ様を、私は横から見ていた。

……大神官の言うことも一理ある。アイは私にとっては〝可愛い娘〟だけれど、民たちにとっては〝国を守ってくれる聖女〟なのよ。

例年なら、若いといっても一〇代後半だった聖女が、五歳の子どもだとわかったら。「そんな小さい子で大丈夫なのか？」って思うかもしれない。いえ、そういう意見は間違いなく出てくるはずよ。

放っておけば、最悪それを理由に反乱を起こす人だって現れるかもしれない。

「何も考えていなかったわけではない。……ただ苦肉の策にはなる」

「……といいますと？」

大神官の問いかけに、ユーリ様は目を細めた。

「聖女が幼くて不安だというのなら、もうひとりの聖女を連れてくればいいのだ」

「もうひとり……といいますと、まさか……!?」

この国には現在、聖女がふたりいる。ひとりは今の聖女であるアイ。

そしてもうひとりは――。私は問いかけた。

「もしかして、サクラ太后陛下をお連れするつもりですか？」

サクラ太后陛下。前国王の王妃であり、何を隠そう、力を失った前の聖女でもある。

私の問いにユーリ様がうなずく。

「今は力を失っているとはいえ、サクラ太后陛下は長年聖女として活躍してきた。これから力が戻ってくる可能性もあるのだ。今は彼女にアイの後ろ盾となってもらって、聖女ふたり体制で支えていくことを前面に押し出すしかない」

そう言いながら、ユーリ様は言葉とは裏腹にどこか苦い顔をしている。

そこへ、ホートリー大神官がまた汗をフキフキしながら言った。

「サクラ太后陛下が……出てきてくれるでしょうか……」

そう、問題はそこなのよね……。

大神官の指摘に、ユーリ様の顔がギッと険しくなる。

「出てきてくれるかどうかではない。なんとしてでも引っ張り出さないといけないんだ」

また大神官が「ヒッ」と叫びを漏らした。

「そのためにもホートリー大神官、サクラ太后陛下に取り次ぎを頼めないだろうか」

「わ、わかりました……。頑張ってみます」

離宮に引きこもっているサクラ太后陛下は、今やほとんどの人との接触を断っていた。その中でホートリー大神官は、陛下と連絡がとれる貴重な人物でもあったのよ。

私は小さくため息をつく。

……確かに、かつてのサクラ太后陛下はまごうことなき聖女だったわ。幼い頃に少しだけお会いしたことがあるのだけれど、これぞ聖女！　ってぐらいキラキラして美しい人だった。

でもその力は失われ、もう一〇年以上何もしていない。ある意味お飾りの聖女状態だ。そんな彼女が果たしてどれくらいの支持力を持っているのか、正直言ってわからない。

ユーリ様も「苦肉の策」と言っていたから、そのあたりはきっとわかっているはず。

考えながらちらりとアイの様子をうかがおうとして、私は仰天した。

「えっ？　何あれ？」

侍女たちの真ん中に座るアイ……はさっきと同じなんだけれど、それを取り囲む侍女たちの様子がおかしい。

みんな心底デレデレした顔で、アイの髪やらほっぺやらおててやらを撫でまわしている。

アイはといえば、ちょっと困った顔でぬいぐるみのようにされるがままになっていた。

「ちょ、ちょっとちょっと、何をしているの！」

私があわてて追い払うと、侍女たちは頬をポッと染めたまま恥ずかしそうに言う。

「申し訳ありません、アイ様があまりに可愛らしくて……！」

「見てください！　なんと私たちひとりひとりに、似顔絵を描いてくださったんですよ！」

「しかも一生懸命名前も書いてくれて……」

気のせいかしら。全員、言葉の語尾にハートがついていない？

「え、ええ、アイが可愛いのはわかるけれど、それにしたってちょっと異常な可愛がりっぷりじゃなくて……⁉」

これは何か、魔法でも使っているのかしら？　そんなスキルはどこにも見当たらなかったけれど……。

私が首をひねっていると、ユーリ様が不思議そうな顔で言った。

「何を言っているんだ、エデリーン。君もいつもあんな感じだぞ？」

……えっ？　うそ？

「私、あんなにデレデレした顔、してました……？」

おそるおそる聞けば、ユーリ様がこくりとうなずいた。ホートリー大神官も周りの侍女たちも、なまあたたかい笑みを浮かべてゆっくりうなずく。

私は恥ずかしさに顔を覆った。

◇◇国王ユーリ◇◇

——自分はなぜ生まれたのだろうと、ずっと考えていた。

父はこの国の王。母は由緒ある子爵家の令嬢で、侍女として仕えていたところを見初められたのだという。

だがそれは本気ではなく、ただの火遊びだった。母は私を産んだことで王都にいられなくなり、辺境の地で隠れるようにして生きてきた。

そんな母は強く優しい人だった。実家から送られてくるお金があったとはいえ、令嬢が農村で生きていくのは楽なことではなかったはずだ。そんな中、母はひとりで私を育て上げ、そして誰にも文句を言うことなく、美しくまっすぐ前を見て生きていた。

「誰になんと言われようと、あなたは王子です。名に恥じぬ立派な人間になりなさい」

優しいまなざしの母が好きだった。水仕事で荒れてしまった、けれどあたたかい手が好きだった。

だから早く大人になって、自分が母を守ってあげなければ。

――そんな私のささやかな夢を、魔物は容赦なく奪っていった。

村を覆いつくす黒い魔物の集団に、燃えさかる炎。駐在の兵もいない辺境の村は、あまりに無力だった。

大好きだった母も、親切なおじさんも、口は悪くても優しかったおばさんも、みんな炎に焼かれて二度と目を開けなかった。私自身、あと一歩というところで騎士団に発見されなければ、そのまま死んでいただろう。

……どうして自分だけ生き残ってしまったのか。

事件を知った祖父母から家に迎えたいという連絡が来たが、私はそれを蹴って一番過酷だと言われる第三騎士団に身を置くことを選んだ。

そこで私は、ただひたすらに魔物を斬り捨てた。あちらに魔物が出たと聞けば飛んでいき、まだ魔物の返り血も乾かぬうちに次の現場へと馬を走らせる。

斬って斬って斬りまくって、魔物の血の匂いが染みついてとれなくなった頃に、父――いや、国王が倒れたという知らせとともに、ホーリー侯爵が現れた。


「君が新王になりなさい」

まるで今日の当直を決めるような口ぶりで、侯爵はあっけらかんと言い放った。

「……冗談でしょう。私はただの騎士だ。王の器ではない」

綺麗に身なりを整え、見るからに貴族とわかる侯爵とは反対に、私の服は戦闘でぼろぼろになっていた。口には不精ひげを生やし、目は殺気で血走っている。

だが侯爵は目を細めると、不敵に笑った。

「いいや。君は王の器だ。わしはここ数年各地の王子たちをずっと見てきたが、君ほど真面目で、君ほど強く、そして君ほど情の深い王子を他に知らない。聞くところによると、戦闘での先鋒《せんぽう》はいつも君が引き受けるそうだな？　騎士団の犠牲を少しでも減らすために」

「それは単に、私が死んでも泣く家族がいないからです。それに情だけでやっていけるほど、王は甘くないでしょう。私には政治の駆け引きなどまるでわからない」

私の言葉に、侯爵はさらに目を細める。

「ところが、この国の王として何よりも大事なのはその〝情の深さ〟なんだ。誠実さと言い換えてもいい。君だって、現在この国に魔物があふれている理由を知らないわけではないだろう？」

聞かれて私は口をつぐんだ。

他にはないこの国特有のシステム。それが〝聖女〟。

女神の娘を愛し、慈しむことで聖女の力は強くなり、国は守られる。それはもちろん、マキウス王国民の常識として知っていた。

「正直、誠実さだけで言うなら君以外にも候補はいるんだけどね」

侯爵がひげを撫でながら、続ける。

「魔物に対する切実具合、と言うのかな。実際に魔物がどんな生き物で、我々人間にどういう被害をもたらしたのか、直接その目で見てきたのは君だけだったんだよね」

その口調はのんびりしていたが、細められた瞳は真剣だった。

……確かに、私は王子の中では誰よりも魔物を見てきたと自負している。魔物によって滅ぼされた村々もたくさん見てきていたが……。

「政治のことは心配しなくていい。なぜなら君は賢い。帝王教育だって今から受ければ十分間に合うだろう。それに……」

そこで一度、侯爵は言葉を切った。

「君は、知りたくないか？ なぜ君が王子として生まれ、そして今も生き残っているのか」

私はハッと目を見開いた。

誰にも話したことのない気持ちを、初対面の侯爵に指摘されるとは思わなかったのだ。

私の反応に気をよくした侯爵が、にんまり笑う。

「君が新王になりなさい。騎士団の先頭に立って仲間だけを守るのではなく、国の先頭に立って国民全員を守りなさい。それが君の生まれた理由だと、おばばが言っていたよ」

おばば？ 誰だそれは？

突然出てきた名前に困惑しながら、同時に侯爵の言葉が耳から離れなかった。

『なぜ君が王子として生まれ、そして今も生き残っているのか』

それこそが長年、私が何よりも知りたかったことだ。

農村で育った、王の落とし胤《だね》。魔物によって母を亡くし、騎士団に身を置いてきた王子。

そんな自分が立つことで国を守れるのなら……。

『名に恥じぬ立派な人間になりなさい』という母の言葉が蘇《よみがえ》る。

一呼吸おいて騎士団の中を見まわせば、騎士というより荒くれ同然の仲間たちの姿が目に入った。

みなガサツな者ばかりだが、死線を潜《くぐ》り抜けてきた仲間たちだ。最近はその中でごく少数だが、所帯を持つ者も出てきている。

——騎士団で戦い続けるのではなく、自分が聖女を大事にすることで、根本的な戦いを減らせるのなら。

そう思った時には、私の心は決まっていた。

✣

……とはいえ、わざわざ私を王に押し上げるなんて何か企《たくら》みがあるのだろうと思っていたが、まさか即位した後になって『王妃にはわしの娘のエデリーンでよろしく！』と言われた時は、さすがに一発殴ろうかと思った。

王宮の庭に設けられたテーブル。春のあたたかな日光に目を細めながら、私は目の前に座る侯爵と夫人を見た。

アイを私たちの娘として迎え、エデリーンと心置きなく本物の夫婦になろうと決めた矢先、まるでそれを待っていたかのように侯爵夫妻がやってきたのだ。

「いや～本当、びっくりするほどうまくいっちゃうから、わしも驚いたよね。おばばの占い、当たりすぎて怖くなっちゃった」

「わたくしはおばば様の話だけで、全部実行に移しちゃうあなたの方が怖いですわ」

その隣でお茶を飲みながらぼやいているのは、エデリーンの母である侯爵夫人だ。

既に侯爵夫婦に挨拶を済ませたエデリーンとアイは、庭で花を見て回っている。

「それで、君の方は順調そうじゃないか。どうだい、うちのエデリーンは可愛かろう？」

そんなエデリーンを目で追いながら、ホーリー侯爵が満足げに言う。

一瞬、だまし討ちのようなことをしておいて何を言う、とも思った。だが結果的に侯爵の言う通り、彼女のことを可愛く思い始めているのも事実なので、ぐっと言葉を飲み込む。

「いや～よかったよ。あの子もね、一回婚約を解消されてからどうも元気がなくなってしまってねぇ。本人は明るく振る舞っているつもりでも、目が死んでるんだよね。だからおばばが君に嫁がせろって言い出した時は、その案があったか！　って思ったよね」

「その案があった！　……ではないですわあなた。反対の声も相当のものでしたでしょう」

「いつの時代も、新しい試みは非難されるものだからね」

マキウス王国では、もう何百年も「王の妻は聖女」という暗黙の了解が続いてきた。明確に法が制定されていたわけではないが、私の妻としてエデリーンを迎えると発表した時、反対の声は並大抵ではなかった。

……それにしても、彼女が一度婚約解消されていたとは。確かに、結婚した時にはもう二〇歳を過ぎていて、貴族の娘だったら嫁ぎ後れと言われても仕方ない年齢だったが……。

私が考えていると、ホーリー侯爵がいじわるな目でこちらをちらと見る。

「……それとも、婚約解消されて傷がついた娘を妻に迎えるのは、嫌だったかな？」

まるで気持ちを試されているみたいで一瞬ムッとしたが、私はすぐに答えた。

「関係ありません。私は、彼女と本当の夫婦になるつもりです」

初めは、ただの政略結婚だと思った。夫が自分を愛さないだけではなく、子も成せない立場に置かれるのは気の毒だと思ったが、それだけだ。

だが、アイが現れたあの日から、すべてが一変した。

不測の事態に動揺する私たちの中で、彼女だけがただひとり、聖女ではなく〝アイ〟という少女を守るために行動を起こしたのだ。

誰よりも早く立ち上がった彼女の凛《りん》とした姿。そして普段はどちらかというと気の強い彼女が、アイにだけ見せる聖母のような優しい微笑み。

……そのふたつの顔に、気づけば私は目を離せなくなっていた。

私が見てきた女たちは皆、着飾って、しなを作って、媚《こ》びを売ってくるだけ。けれどその中で唯一彼女だけは明るく、気高く、そして太陽のように輝いていた。

いつしか、私はこう思うようになった。

エデリーンと本物の夫婦になり、ふたりでアイを守っていけたら、と……。


「結構、結構」

満足げな侯爵の声が響く。

「始まりはどんな形でも、縁があって夫婦になったのだ。互いに慈しみ合い、愛ある良き夫婦となりなさい」

その言葉に私はうなずいた。それから立ち上がり、花壇にいる妻の方へと歩き出す。

「エデリーン」

私の声に妻が振り向いた。その拍子に、やわらかな金の髪がふわりとなびく。透き通った水色の瞳が光を受けて、宝石のようにきらきらと輝いた。

花に囲まれた妻は、まるで妖精の女王のように美しかった。

「あら、ユーリ様」

鈴を転がしたような心地よい声が、私の名を呼ぶ。

「今、アイがお父様たちにあげるお花を探しているんです。さすが王宮ですわね。本当に綺麗なお花ばかりで、アイもとっても楽しそうですわ」

見れば、私たちの前をたったか走るアイは、両手いっぱいの花を抱えている。

色とりどりのスイートピーに、チューリップ。中には私が名を知らぬ花も多くあり、その顔は本当に嬉しそうだ。その上、他にもっといい花はないか、ぬかりなく黒い瞳を光らせている。まるで小さな狩人《ハンター》みたいだ。

微笑ましく見ながら、私はエデリーンの手をそっと取った。

「？　ユーリ様？　どうかされましたか？」

不思議そうな顔をするエデリーンを見ながら、私は心の中で決めていた。

エデリーン、私の妻。

自分の命をかけてでも、この愛《いと》しい人の笑顔を守ってみせる、と。

◇◇王妃エデリーン◇◇

……ゆ、ユーリ様ったら急にどうしたのかしら⁉

手を取られてドキドキしている私の前で、ユーリ様が穏やかな声で言った。

「……そろそろ侯爵たちが帰るようだ。君たちも一緒に見送りを」

あっ、そういうお話ね？ やだ、私ったらひとりで勝手にドキドキしてしまって恥ずかしいわ。

ごまかすように、あわててコホンと咳払いをする。

「もう帰るのですね。相変わらずお父様たらせっかちなんだから」

仕方ないと思いながら、私が花を探し回っているアイを呼び止めようとした時だった。

前を走るアイが、ふと目で何かをとらえて立ち止まったのだ。

つられて私も見れば……あら、ホートリー大神官じゃない。

彼は小さなベンチに座って、いつもの困り顔で汗をフキフキしていた。

「ごきげんよう、ホートリー大神官様。休憩中ですか？」

声をかけると、私たちに気づいた大神官があわてて頭を下げる。その拍子に、日に照らされたつるつるの頭がぴかっと光った。

「は、はい……ここなら、何かいい案が出てくるかと思いまして……」

「何かお悩みでも？　……って聞くまでもなく、悩みだらけでしたわね」

聖女披露式典にサクラ太后陛下との面会にと、彼が抱える案件は多い。しかもどれも難解なものばかり。

「……やはり、サクラ太后陛下に面会を渋られているのか」

「ええ、はい、実はその通りでして……さっきも追い返されてしまいました」

言いながらますます眉を下げる。その顔はほとほと困り果てていた。

「……ママ」

「ん？　どうしたの？」

呼ばれて、私はアイの方を向いた。小さな体が駆け寄ってくると同時に、ぎゅっと手を握られる。するりと、頭の中に流れ込んでくる文字。

『このひと、こまってるの？』

つぶらな黒い瞳が、じっと私を見上げていた。私は微笑む。

「そうなのよ。色々お仕事が大変みたい」

アイの目がぱちぱちとまばたく。それからしばらく考え込んだかと思うと、花束の中からそうっと一本の花を引き出した。――白いカーネーションだ。

そのままタタタッとホートリー大神官のそばに駆け寄り、無言で突き出す。

……どうやら、大神官にあげるという意味みたいね？　私は聞いた。

「いいの？　それ、一番好きって言ってなかった？」

「……おじさん、げんきないもん。いちばんかわいいの、あげる」

そう言って大神官にぐいっとカーネーションを押しつけると、アイはサッと私の後ろに隠れた。

あげたはいいが、恥ずかしくなってしまったらしい。

ふふ、アイったら恥ずかしがり屋さんね。

……なんて笑っていたら、前に立つホートリー大神官が突然吠《ほ》えた。

「……う、うおおおおおおお‼」

「きゃっ！　何⁉　あなた、そんな声出すキャラでしたっけ⁉」

思わぬ野太い雄たけびに、私は咄嗟にアイをかばう。そんな私たちを、すぐにユーリ様が抱き寄せる。

かと思うと、私たちの前でなぜかホートリー大神官がしくしくと泣き出したのだ。

ぽかんとする私たちに、大神官がむせび泣きながら言う。

「なっなんということ……！　まさか、まさか聖女様に白のカーネーションをいただけるとは……！

ぐふうっ、信徒ホートリー、光栄の極みであります……！」

なんて言いながらひざまずき、カーネーションを崇めるように天に掲げていた。

「あの、どういうことか説明してもらっても……？」

「……女神べゼの花か」

ユーリ様の言葉に、私はあっと声を上げた。

白いカーネーションは、女神べゼが天界に帰る時、この国最初の王に手渡した花。

『愛情は生きている』『無垢《むく》の愛』という花言葉から、女神が人に与える愛を体現しているという。

それを女神の娘である聖女、つまりアイにもらったということは……ホートリー大神官にとって

女神から花をもらったも同然だったってことかしら⁉

「アイ、あなた、このことを……」

私の問いかけに、丸いおめめが、ぱちくりとまばたいた。

「……知ってるわけないわよね」

ということは、完全な偶然。一瞬そのことを伝えようかとも思ったのだけれど、ホートリー大神官は号泣していてそれどころじゃなさそうだ。

「まあ……泣くくらい喜んでくれてるってことで、いいのかしら？」

よくわからないけれど、そういうことにしておこう。

私がアイの頭を撫でると、アイはにへへっと笑った。

かと思った次の瞬間、泣き伏せていたホートリー大神官がガバッと身を起こす。

ウッ！　まぶしい！　つるつるの頭がピカッと太陽光を反射して、私は手で顔を覆う。

「エデリーン様！　アイ様！　わたくし、情けないことにすっかりふぬけておりました！　皆様をお支えするために、なんとしてでもサクラ太后陛下に取り次がねば！　信徒ホートリー、今こそ立ち上がる時です‼」

ホートリー大神官は、人が変わったように勢いよく拳を突き上げていた。その瞳には、情熱の炎が燃え立っている。いつも下がっている眉ですら、凛々《りり》しく吊《つ》り上がっていた。

なんかよくわからないけれど、やる気が出たってことよね……？

「ぜ、ぜひお願いしますわ……」

私は乾いた笑いを返した。隣ではアイが、私の手を握ってくすくすと笑っていた。

——翌日。目をらんらんと輝かせ、別人のように肌をつやつやさせたホートリー大神官が朝一番に乗り込んできた。

「陛下！　エデリーン様！　なんとかサクラ太后陛下に面会できるよう、話を取りつけてきましたよ！」

ユーリ様が、ぽかんと目を丸くする。私は急いでアイを見た。……よかった、顔はびっくりしているけれど、喉は詰まらせていないみたい。

カチャンとフォークを置きながら、ユーリ様が咳払いする。

「ご苦労だった、ありがとう。……ところでその話は、朝食の後にしてもらっても？」

「あっ！　こっ、これは失礼いたしました！　わたくし、すぐに出直してまいりますゆえ！」

と言いながら、いそいそと大神官が退出する。

何を隠そう、私たちは朝食の真っ最中だったのよね。

目の前ではアイがお砂糖たっぷり、バターたっぷりの焼きたてほかほかマフィンにかぶりついている。ああ、甘い匂いをさせながら、リスのように膨らんだほっぺがつつきたくなるほど可愛いわ……！

うっとりしながらぽろぽろと崩れたくずを拾っていると、ユーリ様が大神官の後ろ姿を見ながら不思議そうに首をかしげた。

「……ホートリー大神官は、あんな人だっただろうか……？　なんというか……」

「つやつやしていましたわね」

「そう。つやつやしていた。あと頭も……」

「頭も……」

私がためらっていると、アイが小さく「……つるつる」とつぶやいた。

ブフッ！　アイ、だめよ！　それは私の腹筋に効く。

見れば控えていた侍女が何人か巻き込まれたらしく、そばで小さく肩を震わせている。

「……だが、活気があるのはいいことだな。最近は心労で、ひと回りくらい小さくなっていたから」

その言葉に、私は表情を引き締めた。

ホートリー大神官は大神官で、アイが降臨した際に周りからずいぶん問い詰められたみたい。大神官はただひとり、女神の娘に関するお告げを聞けるのだけれど、それに間違いがあったのでは？　って言われていたのよ。もちろん彼に責任はないのだけれど、どうしてもトップは何かあった時に責められがちなのよね。

……と言いつつ、私も責めた記憶があるんだけれど……。うん、それは今度ちゃんと謝りましょう……。

昼食を食べた後、私たちはユーリ様の政務室に移動していた。アイは侍女に付き添われながら、部屋の本棚を物珍しそうに眺めている。私は隣に立つ大神官に頭を下げた。

「ホートリー大神官、あの時は申し訳ありませんでした。あなたが声を聞いていなければアイを助けることもできなかったのに、私ときたらひどい態度を」

「いや、いや、いいんですよ。お気にせず」

困り眉のままにこにこしながら、大神官は続けた。

「そんなことは些細《ささい》なことです。それに、とんでもない間違いを犯してしまったのでは……と震えていた私を助けてくださったのは、他でもないエデリーン様ですからね」

「私が？」

思い当たる節がなくて首をかしげると、大神官が顔を輝かせて言う。

「ええ。当時はこの子の人生をめちゃくちゃにしてしまったかもしれないと、懺悔《ざんげ》の毎日でした。ところがどうでしょう。エデリーン様と過ごしていくうちに、めちゃくちゃどころか、アイ様は輝かんばかりの愛らしさを取り戻していったんですから」

そう言ってホートリー大神官は、アイを見てにっこりと微笑んだ。

「初めはどうなるかと思いましたが、エデリーン様なくしては、今のアイ様の笑顔はなかったと思いますよ。異例中の異例でしたが、あなた様が王妃でよかった」

穏やかな顔で言われ、私は顔を赤くした。

そ、そんな真正面から褒められたら、照れてしまいますわ……！

なんて思っていると、今度は険しい顔をしたユーリ様がぬっと顔を突き出してくる。その顔は何やら怒り、肩はぶるぶると震えていた。

「ホートリー大神官……！　それは、私がいつかエデリーンに言おうと……！」

「ななっなんと！　陛下の言葉を奪ってしまうとは、誠に申し訳ありませぬ！」

えっ⁉　そんなこと思っていたんですの⁉

私が驚いていると、ユーリ様がハッとしたように額を押さえた。

「……あっ！　いや！　……すまない。子どもっぽいことを言ってしまった。今のは……忘れてくれ」

……あら？　あらあら？　横から見えるお耳が、真っ赤ね……？

そんなユーリ様を見ながら、大神官がほっほと笑った。

「陛下。不敬を承知で言いますが、次からはわたくしに先を越される前に、陛下自らお言葉を伝えてくださいませ」

「……努力する」

私はその顔をじっと見ていた。

普段難しい顔をした、どちらかというと凛々しい雰囲気のユーリ様が照れているお顔はなんというか……とても貴重ね？　侍女たちがよく話している「ふとしたギャップがイイ」ってこういうことを言うのかしら……。

そのまま目を細めてじぃぃいっと見ていると、ユーリ様がこちらを見た。

「どうしたんだ、エデリーン」

「いえ……改めて見ると、ユーリ様は大変お顔がよろしいなと思って……」

「なっ！　き、君は何を言い出すんだ！」

また、ぼんっと音がしそうな勢いで顔が赤くなる。

「そ、それを言うなら、君はすごく美しい……」

まあ！

私は感動して手をぱちぱちと叩いた。

「ユーリ様も、ついにお世辞が言えるようになったんですね!?」

実は、ユーリ様はとても真面目な方である反面、とにかくお世辞や社交辞令というものが通じなかったのよ。今まで彼に近寄り、歯に衣着《きぬ》せない言葉で逆上してきたご婦人がどれだけいたことか！

「とてもよろしいことですわ！　お世辞というのはいわば人間関係の潤滑油！　ユーリ様も近頃はどんどん成長されていきますのね……！　私も見習わなければ」

「あ、い、いや、そういうわけではなく……」

私が感動していると、隣から「ほっほっほ」と楽しそうな笑い声が聞こえてくる。ホートリー大神官だ。

「アイ様、見てくださいませ。ああいうのを、一方通行って言うんですよ」

一方通行？　何がです？　……と横を向いて、私は仰天した。

アイが、しゃがんだ大神官のつるつる頭を、一生懸命撫でていたのだ。

「あっ、アイ……！　それは……！」

大神官に失礼よ!?

私が止めようとしているのを察したのだろう。ホートリー大神官がさっと手を上げる。

「気にしなくていいんですよ。アイ様に撫でられたら、もしかしたら毛も生えてくるかもしれません。なんてったって聖女様ですからね」

えっ!?　そこなの？　というかまだ髪を生やす気があるのね!?

私が突っ込むべきかどうか悩んでいる前で、アイはキュッキュッと音が出そうなほどつるつるの頭を撫でている。……というか磨いている。

それ、痛くないの⁉

ハラハラと見守る中、思う存分撫でまわしたアイが、満足そうにふんっと鼻を鳴らした。

「おじさん、あたまつるつるだねえ」

ワッ‼ 子どもって怖い‼ みんなが思っていても口には出さなかった言葉をばんばん出してくる‼

けれど、それにもホートリー大神官は動じなかった。むしろ嬉しそうに笑っている。

「そうでしょうそうでしょう。いやあ、アイ様にこんなに撫でてもらえるなら、この頭も悪くないですね」

「じゃあ、もういっかいさわっていい？」

「どうぞどうぞ、心ゆくまで堪能してください」

なんてやりとりをして、またアイがにこにこしながら大神官の頭を撫で始めた。

アイ、恐ろしい子……！

それにしても大神官にはずいぶん懐いているのね。やっぱり見た目が人畜無害というか、優しそうだからかしら？ ユーリ様のことは未《いま》だにパパ呼びしていないのに。

なんて思っていると、ユーリ様が咳払いした。

「……楽しそうなところ悪いのだが、サクラ太后陛下の件はどうなったんだ？」

「あっ！ これはこれは失礼いたしました！」

ホートリー大神官がぺちんと自分の頭を叩く。それを見たアイがどっと笑う。

かと思うと、そのまま後ろにひっくり返ってしまった。ものすごくツボに入ってしまったらしい。

大神官がそれを助け起こしながら、ニコニコと言う。

「アイ様も、ぺちぺちしてみますか？」

……ちょっと待って、さすがにそれは！

だが私が止める前に、アイがにこにこしながら小さなおててを振りあげた。

それから。

ぺちんぺちんぺちんぺちんぺちんぺちん。

輝くような笑顔を浮かべ、とっても小気味のいい音を立てながら、アイが大神官の頭を鳴らした。

「アッ！　アイィィイ‼」

私は叫んだ。

さすがに！　それは！　いくら本人から許可されたとしてもまずいわ！

私は必死の形相でアイを抱き上げた。

アイは不満そうにこちらを見ているが、ダメなことはダメです！　親として時には厳しく注意もしないと……！　うう、でもこんな可愛い子に怖い顔をするなんて……！

私が親としての在り方に葛藤していると、ホートリー大神官が残念そうに言う。

「おっとと……わたくしは気にしませんのに。まるで女神ベゼの福音を聞いているようで、信徒ホートリー、身も心も洗われるようでしたよ。……また今度、エデリーン様のいないところでやりましょうね、アイ様」

いや福音絶対そんな音じゃないと思いますわ。

アイも親指を突き出して「ぐっ！」って言っている場合じゃないですわよ。まったくどこでそんな動作を覚えてきたのか……！　大方、最近アイをちやほやしている近衛騎士たちあたりかしら。

私が近衛騎士たちの方を見ると、彼らはあわてて目を逸《そ》らした。

それから、大神官はようやく本題を思い出したのだろう。おっとりと口を開く。

「そうそう、サクラ太后陛下はお会いしてくださることになりました。……ただし、ユーリ陛下ではなく、エデリーン様ならという条件付きですが」

「私？」

私とユーリ様が顔を見合わせる。

「相変わらず、私には会いたくないのだな……」

ふぅ、とユーリ様がため息をつく。それを心苦しく思いながら私は答えた。

「私でよければ、サクラ太后陛下を説得しに行きますわ」

「すまない、頼めるだろうか。一応私もついていくつもりだ」

「もちろんです」

サクラ太后陛下の説得は、ひいてはアイのためになることだもの。母として、聖女補佐役として、腕の見せどころね！

「では、わたくしからそのようにお伝えしましょう」

ホートリー大神官がにっこりと微笑んだ。それを見ながら、はたと思い出す。

「そういえば太后陛下の離宮って、少し離れたところにありましたわよね？」

「そうですねえ……。日帰りのおつもりなら、朝早くには出発しないと間に合わないかもしれません」

「となると……アイはお留守番した方がいいかしら？」

旅行でなんでもない謁見は退屈だろう。その上、今のサクラ太后陛下は扱いが難しいと聞く。下手に会わせて怖がらせるよりも、侍女たちとお留守番してもらった方が……。

けれどアイは、私の言葉を聞くなりぶんぶんと首を振り始めた。

「アイ、いく！」

たたっと駆け寄ってきて、私の手をぎゅっと握る。

『おいていかないで』

その目は切羽詰まっていた。……まるで、自分が捨てられるかと思っているように。

私はあわててアイに言った。

「わかったわ。ならちょっと遠いけれど、一緒に行きましょう」

途端、アイがほっとする。そんなアイを、私はぎゅーっと抱きしめた。

それから、優しい声でゆっくりと紡ぐ。

「アイ、心配しなくてもいいのよ。私があなたを置いていくわけないもの。あなたは私の宝物なんだから」

「……たからもの？」

アイが不思議そうに見上げてくる。さらさらの髪をかきあげて耳にかけてやりながら、私は微笑んだ。

「そうよ、宝物。知ってる？　東にある遠い国では、宝と書いて子どもと呼ぶんですって」

〝子は宝〟。遠く離れた国の人たちが、そんな価値観を持っていると知ってずいぶん感動したものだわ。言葉が通じなくても、そういう根っこの部分は一緒なの、すごいわよね。

「……じゃあ、アイも、たからもの？」

「もちろんよ。アイは私のだーいじな宝物」

そう言うと、アイがきゅっと目を細め、照れたようにえへへと笑った。

そこへユーリ様が咳払いする。

「……その、アイは私にとっても宝物だぞ」

「ほっほっほ。それを言うなら、アイ様はわたくしにとっても宝物ですぞ」

――見回せば、その場があたたかな空気に包まれていた。

遊び相手をしていた侍女や騎士たちまでもがにこにことしている。言葉に出さなくても、その顔には『アイ様はみんなの宝物です』と書かれていた。


その日の夜。いつものように布団に潜り込んだアイが、しばらくしてからもぞもぞと顔を上げた。

つぶらでうるうるした黒い瞳が、じっと私を見つめている。

「……ママ」

「どうしたの？　眠れない？」

私がトントンと背中を叩くと、アイは小さく首を振った。それから上目遣いで、おそるおそる口を開く。

「……アイは、ママにとって、たからものなの？」

確認するような口調に、ふっと口元をほころばせる。朝言ったことを、覚えていたのね。

私はとびきり優しくて甘い声で言った。

「そうよ。アイはママのだーいじな宝物よ」

その言葉に、アイがへにゃっと顔をほころばせた。そのぷにぷにのほっぺを優しく撫でながら、私はささやいた。

「おやすみ、アイ。あなたはずっと、私の可愛い宝物ちゃんよ」

❖

「ママ。ここ、なーんにもないねえ……」

サクラ太后陛下が住まう領地の一角。

離宮に向かう石畳を歩きながら、手を繋いだアイがぽつりと言った。

「そうね……。離宮だとしても、静かすぎるわね……」

時刻は昼時。

少しぐらい他の人を見かけてもよさそうなのに、辺りには私たち以外誰もいない。

噴水もなく、花壇も最低限しかなく、見えるのはだだっ広い石畳と、ぽつんと佇《たたず》む離宮だけ。建物が豪華な分、辺りの静けさが際立っていた。

「サクラ太后陛下は、本当に最低限の使用人しか置いてないらしい」

横を歩くユーリ様が言った。彼はサクラ太后陛下に面会を拒絶されているけれど、念のため私たちについてきてくれたのよ。

そんな辺り全体を包む静けさは、離宮の中に入ってからも続いた。カツンという足音ですらよく響く天井の高い空間。アイが繋いだ手をぎゅっと握る。

『……ママ、ここなんだかこわい』

不安そうな目が見上げてくる。

アイは聡《さと》い子だから、きっと空気の違いを敏感に感じ取っているのね。どうしたものかしら……と考えていたら、隣で歩くユーリ様の姿が目に入る。彼も今は、アイに合わせてゆっくりと歩いてくれていた。

私は腰をかがめてアイにささやく。

「……ねえ、アイ。よかったらユーリ様とも手を繋ぐ？　ちょっと怖くなくなるかも」

アイがぱちくりと目をしばたたかせた。

パパ呼び同様、こっちもまだ早いかしら？　そう思っていたら、頭の中にするする文字が浮かび上がった。

『……へーカ、アイとてをつないでくれるかなあ……？』

あら？　何やら恥ずかしげにもじもじしているし、こっちは意外と好感触なのね？

となると、ますます謎だわ。なんでパパ呼びだけダメなのかしら……。これは早めに確認しておきたいわね。

「手を繋いでくれるか、ママから聞こうか？」

聞くと、アイがコクンと恥ずかしそうにうなずいた。私はユーリ様に声をかける。

「ユーリ様。よかったら、アイと手を繋いであげてくれませんか？」

「……私と？」

彼が驚いた顔をした。そういえば私とアイが手を繋ぐことはよくあるけれど、ユーリ様とは繋いだことなかったかもしれない。

「私はもちろん構わないが……アイはいいのか……？」

ユーリ様は、おそるおそるといった様子で手を差し出してくる。その大きな手にアイの小さな手が乗せられた。それからアイの小鼻が膨らみ、むふぅ、と満足げな息が漏らされる。

ふふ、よかった。どうやら本当に嬉しいようね。

その様子を、私とホートリー大神官がくすくすと笑いながら見ていた。ユーリ様は落ち着かないのか、どこかこそばゆそうだ。

「……あのねママ、もうこわくないよ」

繋いだ手をぶらんぶらんと揺らしながら、アイが嬉しそうに笑った。

「よかった。それにしても、みんなでおてて繋いで歩くのも結構楽しいわね。ユーリ様もそう思いませんこと？」

「う、うむ。……悪くない……」

ユーリ様はかなり背が高いから、アイと手を繋ぐためには腰を曲げてかがまなければいけない。姿勢を維持するのも大変だろうに、一生懸命かがんでいる姿が健気だ。

やがてたどりついた謁見室の前で、私たちは一度足を止めた。大神官が進み出る。

「陛下、大変申し訳ないのですが、ここから先に進めるのはエデリーン様とアイ様だけになります」

「わかった。私はここで待っていよう」

「アイ。ここからは私と一緒に行きましょう。……もし怖いなら、このままユーリ様と一緒に待っていてもいいのよ？」

けれど私の質問に、アイはふるふると首を振った。

急いでユーリ様から手を離し、両手で私にしがみつく。……あ、ユーリ様が露骨にがっかりした顔をしているわ。ちょっと悪いことをした気分。

「アイ、いっしょにいく！」

「わかったわ。もし怖くなったら、後ろに隠れていてね」

そうして私たちは、謁見室へと足を踏み入れた。


開けられた扉の奥。ゆったりとした椅子に彼女――サクラ太后陛下は座っていた。

白いものが多く交ざり始めた髪は高い場所でひとつに結い上げられ、まとうのは首まで覆うぴっちりとしたハイネックの黒いドレス。

かつて満開の桜を思わせる笑みを浮かべていた顔に、今は深いしわが刻まれていた。

疲れた顔でサクラ太后陛下がこちらを見る。

「……久しぶりね、エデリーン。その子が、次の聖女かしら？」

サッと、アイが私の後ろに隠れた。

「お久しぶりです、サクラ太后陛下」

私は腰を落としてお辞儀《カーテシー》をした。

久しぶりに見るサクラ太后陛下は、年を重ねてはいてもやはり美しい。貴婦人と呼ぶのにふさわしい品に、柔和な顔立ち。

しかしその顔に以前のような活気はなく、打ち捨てられ、しおれた花を思わせる寂しさがただよっていた。

「あなたに会うのも一〇年ぶりかしら……大きくなったわね」

サクラ太后陛下が目を細める。

私は過去に、父に連れられて何度かサクラ太后陛下とお会いしたことがあるの。といっても一〇年以上前だから、まだ年齢が一桁の頃よ。

「おかげ様で、元気に過ごさせていただいておりますわ。……最近人妻になりました」

「聞いているわ。今はあなたが王妃なのですってね」

私は硬い表情でうなずいた。

笑みを消したのは、もしかしたら聖女以外が王妃の座につくことを、サクラ太后陛下がよしと思っていないかもしれないからだ。

世の中には、私が王妃であることをよく思っていない人が多いのよ。

サクラ太后陛下も、もしかしたらそのうちのひとりかもしれないと、少し警戒したの。何せ王妃は聖女のものだと、私ですらずっと思っていたんだもの。

そんな私の考えに気づいたのだろう。サクラ太后陛下が言った。

「硬くならなくても大丈夫よ。私は王妃の座に、誰がつこうと気にしないわ」

私はホッと息を吐いた。こういうところを見ると、やっぱりサクラ太后陛下は昔から変わっていないのかもしれない。

私が知っているサクラ太后陛下は、とにかく優しく、気遣いの人だ。会うのは緊張したけれど、聖女だからとおごることなく、いつも笑みを浮かべる彼女のことが好きだった。

「むしろ、あなたが王妃でよかったかもしれないわね。……ときどき思うのよ。聖女として呼ばれたからって、問答無用で王妃の座につくのは本当に幸せなことなのかって。ただの少女としてこの世界にやってこれたら、違う生活が待っていたのかしらって……」

ふっと、サクラ太后陛下の目が遠くなる。その目に映っているのは、太后陛下が考える〝もしかしたら〟の日々だろうか。後ろでじっと話を聞いていたアイが、そぉっと顔を覗かせた。

「……と、こんなことを言ったら民たちに失礼ね。いやだわ、年をとるとどうも感傷に浸りやすくなって」

「そんなことはありませんわ。聖女は、重役ですもの」

サクラ太后陛下は一七の時にこの国に降臨したと聞く。わが国では成人済みとはいえ、まだまだ若い。

私ですら、二〇歳の時に父に「お前が王妃になれ」と言われた時は、一か月続く父娘戦争を繰り広げたくらいよ。

「そう。聖女は重役……それなのに、今回の聖女はずいぶん小さいのね？　あなた、お名前は？」

声をかけられて、アイがまたサッと後ろに引っ込んだ。代わりに私が答える。

「申し訳ありません、人見知りみたいで。この子はアイと申しますわ」

「愛？　……それはまた、ずいぶん皮肉な名前ね」

陛下の眉間にしわが寄る。

「聖女ということは、つまりその子も……苦しい生を強いられてきたのでしょう？」

サクラ太后陛下の言葉に私は目を細めた。

〝聖女ということは、その子も？〟

「あの、それはどういう……？」

「……その顔を見る限り、知らされていないのね。エデリーン、こちらにいらっしゃい」

手招きされて、私はおそるおそるサクラ太后陛下に近づいた。私の服をぎゅっと引っ張っているアイが、ぴたっとくっついたまま一緒に移動する。

私がサクラ太后陛下の前に立つと、太后陛下は自分のドレスの襟元をぐいっと引っ張った。すぐに白くて細いうなじが見えたと思った次の瞬間――肩から背中にかけて広がる、痛々しい火傷痕があらわになる。

私は絶句した。驚いてサクラ太后陛下を見ると、太后陛下は寂しそうに微笑んだ。

「ひどいものでしょう？ これがあるから、ドレスはいつもハイネックしか着られないのよ」

「この火傷は一体……!? まさか亡き国王陛下が……!?」

あわてる私に、サクラ太后陛下が首を振る。

「国王陛下ではないわ。あの人は女たらしだったけれど、女子《おんな》どもに手を上げるような人ではなかったから。……これをつけたのは、私の親よ」

言って、陛下は深いため息をついた。

「私の親はね……それはもうひどい人たちだったの。罵声、暴力は当たり前。言葉が出る前に、手が出てくるような人たち。この火傷も、母親に沸騰したお湯をかけられたのよ」

私はハッと手で口を押さえた。それってまるで……。

見ると、アイが真剣な顔でサクラ太后陛下の話を聞いていた。

「私はね、そんな人たちから一日も早く離れたかったの。だから高校卒業と同時に寮付きの会社に就職して……。内定をもらった時は嬉しかったわ、これでようやくあの人たちから離れられるって思って……」

聞き慣れない単語を、私は注意深く聞いていた。

「でもね、直前になって内定取り消しの連絡が来たの。コウコウ……って、学院のことかしら？どうしてですかって聞きに行ったら……私の親が怒鳴り込んだらしいのよ。『娘を就職させるなら、誘拐として警察に通報するぞ！』って」

ケイサツ。アイの親も言っていた言葉だ。

「その時に悟ったわ。私はこの人たちから逃れられない、一生、この人たちに人生を駄目にされ続けるんだって。……目の前が真っ暗になったわ」

太后陛下が淡々と語る。その顔に悲壮感はないものの、深い諦めが浮かんでいた。

「気づいたら、踏切の前に立っていたの。ふらふらと、すべてを終わらせる気で足を踏み出した時よ。……渦が現れて、私をこの世界に連れてきたのは」

サクラ太后陛下が顔を上げる。黒い瞳は、風にそよぐ湖面のようにかすかに揺れていた。

「最初は何が起きたのかわからなかった。異世界召喚なんて漫画のことだと思ってたもの。でもこの国の人たちは、皆私に優しかった。陛下だって、とんでもないろくでなしのまま亡くなってしまったけれど、最初は本当に深く愛してくれたのよ……」

言いながら目を伏せる。そこに覗くのは、未だに癒えない深い悲しみだ。

……もしかして、サクラ太后陛下は今でも前国王陛下を愛しているのかしら……？

「不躾《ぶしつけ》ですが……サクラ太后陛下は前国王陛下を恨んではいらっしゃらないのですか？」

「恨んでいるわ。もちろん怒ってもいる。……でもね、それ以上に悲しいのよ」

『悲しい』。ぽつりと漏らされた言葉が私の耳を打つ。

「ろくでもない人だったけれど、同時にあの人と過ごした日々が幸せだったのも事実よ。穏やかで満ち足りて、幸せとしか言いようがない日々。本当はそれを失ってしまったことが、何よりも悲しいの。一体どこで、ボタンをかけ間違えてしまったのかしらって。……駄目ね、もっと毅然《きぜん》としなければいけないのに」

「いいえ、そんなことは」

愛する人に裏切られるのは、つらいことだ。

私だって過去に婚約解消された時は、愛してもいなかったくせにひどく傷ついたんだもの。それが心から愛する人による裏切りなら、なおさらよ。

どうにかサクラ太后陛下をお慰めしてあげられたらいいのに……。

そう思っていたら、後ろに隠れていたはずのアイがとてて、とサクラ太后陛下の前に立った。

「おばあちゃん、どこかいたいの……？」

私はぎょっとした。

陛下に向かって「おばあちゃん」って！ 先に呼び方を教えておくべきだった！

けれどハラハラする私には構わず、サクラ太后陛下はアイを見て悲しそうに微笑む。

「そうね……痛いのかもしれないわ。ずっと心の痛いのが治らないの」

アイの眉がしょんぼりと下がる。それから小さな手が、太后陛下に向かって伸ばされた。

「じゃあ、アイがいたいのとんでいけ～してあげる」

「まあ、あなたが？」

「うん、いつもママがしてくれるの」

それを聞きながら私は頬を染めた。「いたいのとんでいけ」は、アイが転んだ時によくやっているのよ。けれど、まさか太后陛下にやろうとするなんて……！

目を丸くしながらも、サクラ太后陛下はすっと頭を差し出した。それをアイがぽんぽんと撫でながら真剣な顔で言う。

「いたいのいたいの～とんでいけっ！」

「ふふ……優しい聖女さん、ありがとう。少しよくなった気がするわ」

「ほんとう？」

アイが嬉しそうに笑った。その頭を優しく撫でながら、サクラ太后陛下が続ける。

「……話が逸れてしまったけれど、この国に召喚される聖女は全員、ひどい家庭環境で育ってきた娘たちよ。……さすがに、こんなに幼い子はいなかったけれど」

じゃあ、アイが選ばれたのもやっぱり……。

「教えて。この子が来た時はどんな状態だったの？」

サクラ太后陛下の問いに、私は一瞬ためらってから口を開いた。

「……とにかく怯えていて、口もきけず、栄養失調に陥っていました。医師の話だと、あと少しでも遅ければ命はなかったかもしれないと……」

あの頃のボロボロだったアイの姿を思い出して、心がぎゅっと痛くなる。

サクラ太后陛下が痛ましげに目を伏せた。

「……そう。でも今は、もう元気なのね？」

太后陛下の手が、確かめるようにアイのやわらかなほっぺを撫でる。アイはくすぐったそうにしながらも、されるがままになっていた。

「最近は本当によく食べるようになって、笑うことも増えて……ようやく、本来の明るさが戻ってきたという気がします」

「それはよかったこと。……ホートリーに聞きましたよ。私に、この子の後援者になってほしいそうね？」

思いがけずサクラ太后陛下の口から本題が出て、私はドキリとした。あわてて説明する。

「は、はい！　見ての通りまだ幼いため……民からよからぬことを言われる可能性があります。それを少しでも和らげるために、サクラ太后陛下のお力をお借りしたいのです」

私は、あえて回りくどい言い方で説明した。だってすぐそばでアイが聞いていたんだもの。アイに「自分のせいで何かが起こっている」と思ってほしくなかったのよ。

ちらりと見ると、やはり言葉の意味がうまくわからなかったようで、アイはきょとんとしている。

私はほっとした。

その横では、サクラ太后陛下が難しい顔で考え込んでいる。

「あなたの気持ちはわかったわ。……でも残念ながら、それはできないの」

そんな……。

がっかりする気持ちを飲み込み、代わりに私は聞いた。

「どうしても、だめなのでしょうか」

「あなたも知っての通り、今の私に力はないのよ。聖女でありながら、一〇年もこの国をおろそかにしてしまった。そんな私が現れたところで、あなたたちを助けるどころかかえって評判を落としかねない」

確かにそれは、私やユーリ様も懸念しなかったわけではない。けれどかつてのサクラ太后陛下は本当に優しく、そして優れた聖女だった。あの頃を知る民ならば、もしかしたら……。

「太后陛下がその気ならきっと、民はついてきてくれるはずです。一〇年の間は空いてしまいましたが、それでもあなたが頑張ってきた日々は事実として残っているのです」

私の訴えに、サクラ太后陛下がまたもや首を振る。

「……いいえ、エデリーン。一〇年は、信頼を失うには十分な時間よ。それに、力も失ったまま戻ってきていない。私は新たな方法を見つけることをおすすめするわ。……ごめんなさいね。力になってあげたいのはやまやまだけれど、私にはできないのよ」

その目に浮かぶのは、深い諦めだ。

……きっとこれ以上食い下がっても意味はないのだろう。私は肩を落とした。

「わかりました。今日のところは帰りますわ。……でも、まだ諦めたわけじゃありません。気が変わったら、いつでも連絡してくださいませ。……私はサクラ太后陛下の力を信じております」

そう言うと、私はサクラ太后陛下にお別れの挨拶をした。アイはまだちらちらと太后陛下を見ていたが、私と手を繋ぐと、小さく「ばいばい」と言った。

「……エデリーン」

歩き出した私たちに、声がかかる。振り向くと、黒い瞳がじっと私を見つめていた。

「ねえ、ひとつだけ聞いていいかしら」

「なんでしょう？」

私は不思議に思いながら聞き返した。

「その子が先ほど言った〝ママ〟というのは、あなたのこと？」

「ええ。私はアイを、養子に迎えましたから」

言いながらアイの頭を撫でると、太后陛下の目が細められる。

「ということはあなた、本気でその子を育てるつもりなの？」

非難するような口調だった。サクラ太后陛下の顔が厳しくなる。

「エデリーン……。子どもを育てるのは、動物を可愛がるのとはわけが違うのよ。親がいなくなっても生きていけるよう、教え、導かないといけない。あなたにそれができるの？　その子とは、血が繋がっていないのでしょう？　本当に愛せるのかしら？」

思いがけない言葉に、私はきょとんとした。すぐに真っすぐ背筋を伸ばして、サクラ太后陛下と向き合う。

「逆にお聞かせください、太后陛下」

それから私は、サクラ太后陛下のお子である王子、王女たちの名を挙げた。

「ラウル様、ルカ様、ダントリー様、マリナ様。皆サクラ太后陛下のお子ですが、もしそのうちのひとりが実の子じゃないとわかったら……その子に対する愛は失われるのですか？」

私が出したのはあくまで「もしも」の話だ。けれど王族であっても、絶対に間違いが起こらないとは限らない。何かの陰謀によって子がすり替えられることは、歴史上を探せばいくつもある。

もしそれが本当に起こっていた時。

血の繋がりが、失われた時。

……たったそれだけのことで、愛情は失われるのかしら？

私の質問に、太后陛下がハッとした顔になる。それを見ながら、私はアイの頭を撫でた。

「……私、思うんです。親として必要なのは、血の繋がりよりも覚悟なんじゃないかって。『この子を守り、育て、愛する』という揺るぎない覚悟が、何よりも大事なんじゃないのかって」

横では、アイの黒い瞳がじっと私を見つめていた。

両手を差し出すと、すぐに抱っこを察したアイの手が伸びてくる。そのまま抱き上げると、小さな頭が私の肩にやわらかく押しつけられた。くしゃりとこすれるさらさらの髪、ふんわり香るミルクの匂い、しっとりとした息遣い。

腕の中に感じるあたたかな生命をぎゅっと抱きしめる。

——私はこの子を守るためなら、なんでもするわ。

そんな私を見て、サクラ太后陛下がふうとため息をついた。

「……そうね、私が愚かなことを聞いたわ。大事なのは、血などではなかったわね」

うなずいて、私は続けた。

「私は未熟者なので、きっとこの先、悩んだり、嘆いたり、時には間違えることもあるのでしょう。

……私自身、今まで何度両親を困らせてきたことか数え切れませんもの。でも、何があってもこの子の手は決して離さないと決めているんです。だから困った時は、ぜひ太后陛下にもお力をかしていただけると嬉しいですわ」

最後に付け加えられた私の図々しい言葉に、太后陛下が一瞬目を丸くしてから笑った。

「ほっほ。まったく、したたかな子ですこと。……でもそうね。頑張る若者を応援するのも、私たち大人の仕事だものね」

「……ならぜひ、披露式典のご出席を？」

ここぞとばかりに聞いてみたが、太后陛下はくすくす笑っただけだった。

「残念ながらそれとこれとは別よ。あなたたちの足を引っ張りかねないのは事実だもの」

「残念ですわ……。でも、気が変わったらいつでも連絡してくださいませ」

「ええ、気が変わることがあったら、ね」

「それと、太后陛下……」

私はためらいながらも、まっすぐ太后陛下の顔を見た。

「ときどき、アイをここに連れてきてもいいでしょうか？」

「彼女を？」

サクラ太后陛下がアイを見る。今度はアイも隠れずに、じっとその視線を受け止めていた。

「構わないけれど、この子にとっては退屈なのではなくて？　ここには何もないし……」

急にその事実を思い出したように、サクラ太后陛下がおろおろとし始める。

「その時はみんなでピクニックにでも行きませんか？　太后陛下もずっと閉じこもっていたらお体に毒ですもの」

ピクニックという単語に、アイの耳がぴくっと揺れた。小さな手が、急いで私をくいくいと引っ張る。

「ママ、ぴくにっくいくの?」

「今度、みんなで行きましょうね。その時はおやつに何をもっていきたい? あまーいマフィン? それとも具だくさんのキッシュかしら?」

「アイはねぇ、あれがいいの。ふかふかの、しろぱん!」

私は笑った。どうやら、いつどんな時でも、アイが白パン好きなのは変わらないらしい。

第三章 ボタモチ大作戦

◇◇聖女アイ◇◇

がたがたゆれる、ばしゃのなかで、こまったかおのママがへーカにいった。

「ごめんなさいユーリ様。サクラ太后陛下を説得できませんでしたわ……」

「いや、君は十分頑張ってくれた。ホートリー大神官も言っていただろう？ あんな穏やかな顔をしたサクラ太后陛下は久々に見たと」

「それはきっと、アイが隣にいてくれたおかげですわ」

いいながら、ママがそっとわたしをなでた。わたしはうれしくなってめをつぶった。

——わたしは、ママのてがだいすき。

ママはぶたないし、やわらかくて、あったかくて、いいにおいがする。

それに、ママはわたしのこと、とてもやさしくさわるの。

いいこ、いいこって、なでられるたびにおもう。

アイは、ママのたからものなんだなあって。

わたしがうれしくなってだきつくと、ママはわらった。

「アイ、今日はありがとう。アイが頑張ってくれたから、ママも頑張れたわ」

ママがわらうと、みずいろのおめめが、きらきらひかる。

それはほうせきみたいで、とってもきれいなの。

「それにしても困りましたわ。やはり何か別案を考えた方がよいのでしょうか。……いっそ誰かに聖女の振りをしてもらうとか？」

「それは危険すぎる。発覚すれば信用問題に関わるし、露呈しなくても聖女が〝結婚適齢期の成人女性〟なら、また私と聖女をくっつけようとする一派が出てくるだろう。そしたら君が危ない」

「そう……でしたわね」

ママとへーカがはぁぁ……とためいきをついた。なんだか、とってもこまってるみたい。

「ママ、だいじょうぶ？」

わたしがきくと、ママはにっこりした。

「大丈夫よ。すこーし難しい問題にぶつかっているだけ。それより、今日はアイも頑張ったし、帰ったらおいしいおやつでも食べましょうね」

そういってまた、ぎゅうっとだきしめてくれる。

えへへ、わたし、ママにぎゅってしてもらうのもだいすきなの。

「それにしても、こういう時に聖女の魔法が使えたらって思いますわ。そうしたら冥界にいる前国王陛下を連れてきて、サクラ太后陛下に土下座させるのに……！」

「それより、数十年前に戻って前国王陛下をブッ飛ばした方が早いだろう。浮気を止めれば、そもそもサクラ太后陛下が傷つくこともなかった」

「素敵な案だけれど、駄目ですわ。だってユーリ様が生まれてこなくなっちゃいますもの」

「む……それもそうか……」

ママとへーカは、ずっとむずかしいはなしをしている。

「ふう……。何か、手っ取り早く解決する方法はないのかしら。こう、魔法みたいにおいしいものを食べたら元気が復活するとか！ ……私だったらそれで一発ですのに」

「サクラ太后陛下はこの国の太后だから、いいものはもう食べつくしている気がする。……ち、ちなみに、君は何が好きなんだ？」

「私ですか？ 私は――」

ママにだっこされて、がたんごとんばしゃはゆれて……だんだん、うとうとしてきた。

「ってあら？ アイ、ねむくなってきたの？ ママのおひざで寝る？」

「うん……」

うなずくと、すぐにママはひざまくらしてくれた。やわらかくていいにおいで、ふかふかだあ。

へーカがそっともうふをかけてくれる。

「しばしの間おやすみ、アイ」

ママのこえをききながら、わたしはゆっくりめをつぶった。

❖

くらい、くらい、よるのなか。

「……いれて、いれてよぉ……」

そのひ、あぱーとのそとで、わたしはどあのまえにうずくまっていた。

わたしがどんなにどあをたたいても、ママとパパはおへやにいれてくれない。

なんでおいだされたのか、よくわからない。

でもまわりはまっくらだし、ひとりでこわいよう……。

わたしがしくしくないていたら、ちかくでがちゃっとおとがした。

「……そこの子。おいで、こっちおいで」

となりのいえのおばあちゃんが、どあからひょこっとかおをだしていた。

しわしわのおてでが、わたしをよんでいる。

「ほら、夏とはいえ冷えるといかん。おいで、ばあちゃんがなんかくわしてやる」

わたしはどうしようかまよった。

ママはわたしが、ほかのひととはなすと、すごくおこるの。

このおばあちゃんとおはなししたら、きっとすごくおこられる。

……でも、まっくらにひとりは、こわかったの。

わたしはそっと、おばあちゃんのおへやにはいった。

「こんなもんしかなくてごめんなぁ。今どきの子は、ケーキとかの方がいいんだろうなぁ」

そういって、おばあちゃんは、ごとんとおさらをおいた。

おさらのうえには、くろくて、まあるい、まあるい……これなあに?

「ほっほ。もしかして、ぼたもちは初めて見るのかい?」

「うん」

「食べてみんしゃい。甘くておいしいから」

わたしはそぉっとぼたもちをつついた。

ゆびのさきに、ちょっとべたっとしたものがくっついてびっくりする。

それをみたおばあちゃんが、ほっほとわらった。

「大丈夫大丈夫。あとでおててを洗えばいいんよ。ほれ、そのべたっとしたやつ、ちょっとなめてみぃ」

ええ～。これなめるのぉ……？

ちょっとやだなとおもったけど、おばあちゃんがじっとみてるから、わたしはがんばってなめた。

ぺろっ。

「……あまい」

くろいべたっとしたものは、とってもあまかった。

「ほっほ。そうじゃろそうじゃろ。あんこだけじゃなくて、もち米と一緒に食べるともっとうまいぞぉ。ほれ」

もたされたぼたもちは、やっぱりとってもべたべたしてた。

でも、こんどはがぶっとかみついてみた。

……そしたら、ふわぁっとくちのなかに、あまいのがいっぱい！

それにね、かむと、もっちもっちするの。

もっちゃもっちゃもっちゃもっちゃ。

……なんか、たのしいねえ、これ。

「うんうん、喉に詰まらせないよう、よーく嚙んで食べなね」

おばあちゃんがにこにこといった。

あまい、あまーいぼたもちは、いっしょうけんめいかむと、じんわりもっとあまくなる。

しかも、たべてもたべても、なくならない！

すごい！　これならいっぱい、いっぱいたべられる！　まほうみたい！

「嬉しい食べっぷりだねえ……。そんなに気に入ったのかい？　はむはむ音がして、まるでハムスターみたいだねえ」

はむすたー。えほんでみたことある。あのかわいいねずみさんかなあ？

「自分のほっぺを触ってごらん」

わたしがぺとぺとさわると、かたっぽのほっぺがぷっくりふくらんでた。なんだこれ。

「そうだよ、そこにあまーいぼたもちが、いっぱい詰め込まれてるんだ」

そこでおばあちゃんは、なんでかちょっとかなしそうなかおをした。

「それにしても、ひどいことする親がいるもんだ。こんな可愛い子に恵まれて、一体何が不満なんだろうねえ……」

わたしはもぐもぐしていたおくちをとめて、うつむいた。

「あ、アイが……わるいこだから……」

ママとパパは、いつもそういう。

『おまえがわるいこだから』、『アイがわるいこだから』、ぶたれるんだって。

だからこれは〝しつけ〟なんだって。

そういうと、おばあちゃんはおこった。

「おまえさんが悪い子なもんかい！　おまえさんはずーっといい子だよ。本当に悪い子っていうのはね、おまえさんの親のことをいうんだよ」

「おばあちゃん、アイのママとパパしってるの？」

「ううん、知らないよ。でもあんたを見りゃわかる。こんなガリガリに痩せちまって……かわいそうに。あたしがもう少し若くて、せめてこの足がうまく動いたら、あんたを連れて逃げられるのにねえ……」

おばあちゃん、なきそうなかおをしてた。

「でも待ってな。最近は児童相談所に連絡すれば助けてもらえるらしいからね。ばあちゃんが電話してやるから、それまでもうちょっとだけ辛抱しておくれよ」

ジドウ……ってなんだろう。よくわかんないけど、わたしはうなずいた。

だってぼたもち、おいしかったんだもん。

こんなにおいしいぼたもちくれるおばあちゃんなら、だいじょーぶだとおもったの。

「さ、もうちょっとぼたもち食べなね。それとも、お腹がすいてるならご飯でも作ろうか？」

ううん、だいじょーぶだよおばあちゃん。

わたし、もうおなかいっぱいだから。

――それにわたし、ほんとにもうだいじょーぶなの。

いまはねぇ、おひめさまみたいにきれいでやさしいママがいるんだよ。

ママはわたしのこと、たからものってよぶの。

だから、だいじょーぶなんだぁ。

……そういおうとしたのに、なんだかわたしはとってもねむたくなってきた。


「あ、ごめんね。起こしちゃったかしら」

ぼんやりめをあけると、ママのかお。

あれ？　おばあちゃんは……？

「ふふ、でもまだ眠そう。時間も時間だし、このままベッドに連れていっちゃいましょうか」

「では私が連れていこう」

へーカのてがのびてきて、わたしはふわぁっとだっこされた。

……さっきのは、ゆめだったのかな。

さっきの……。

「あまくて、おいしい……」

わたしがむにゃむにゃいうと、ママがわらった。

「おいしいお菓子の夢でも見ていたの？　素敵ね。今度何を食べたか、ママにも教えてね」

うん、いいよ……。

そういえば、さっき、ママがいってたな。

まほうみたいにすてきなたべものがあったら、って……。

ねえママ、まほうみたいにすてきなたべもの、いっこだけあったよ――。

◇◇王妃エデリーン◇◇

翌朝。目が覚めると、アイは私を見て開口一番に言った。

「ねえママ、おばあちゃんにぼたもち、もっていっちゃだめかなあ？」

「〝ボタモチ〟？」

聞いたことない単語にきょとんとしていると、目を輝かせたアイが鼻息荒く続ける。

「うん！　くろくて、まるくて、べたっとしたやつ！」

「くろくて、まるくて、べたっと……？」

……何かしら？　食べ物はたくさんあれど、黒くて丸いものってそんなにないわよね？　キノコにトリュフにチョコレートに……形はともかくココアも色だけならあてはまるわね。もしくはケーキに加工するとか？　べたっとしているといえば、べたっとしているし。

「とってもあまくて、もちもちで、おいしいんだよぉ」

アイが自分のほっぺをたぷたぷと持ち上げながら言った。

甘いはともかく……もちもち？

その食感だとケーキではなくなるわよね？　パン、とかかしら……？　チョコレートパン？　でも、〝ボタモチ〟なんて名称は聞いたことがないわ。

助けを求めて侍女たちを見ると、彼女たちも困ったように首をかしげていた。

……せっかくだもの、皆にも、聞いてみようかしら？


「――〝ボタモチ〟、ですか……？」

うんうん、とうなずく私とアイを前に、部屋に呼んだホートリー大神官が困ったように言った。

その横では、ユーリ様が「全然わからない」と言いたげな表情を浮かべている。

「ええ。黒くて、丸くて、べたっとしているそうよ。おまけに甘くてもちもち」

「黒くて、丸くて、べたっと……」

「そのうえ甘くて、もちもち、とは……？」

私が言えば言うほど、二人の眉間のしわが深くなっていく。

「ううーん、いくつか候補はあるといえばありますが……」

「ちなみにそれを作ってどうするんだ？」

ユーリ様に聞かれて、私は自信満々に答えた。

「もちろん、サクラ太后陛下に持っていきますわ！　アイが教えてくれたんです。その〝ボタモチ〟は、〝まほうみたいにすてきなたべもの〟なんですって」

「ほぅ！　それはいい響きですねぇ」

ほっほとホートリー大神官が笑う横で、アイもうんうん！　と目を輝かせている。

一方、ユーリ様は渋い顔のままだ。

「水を差すようなことを言って悪いが、それでサクラ太后陛下の気持ちが変わるのだろうか？」

「ふふっ、ユーリ様、本当に無粋なことは言いっこなしですよ」

無粋という言葉に、ユーリ様がぐぅと声を漏らす。

「こういうのは気持ちが大事ですわ。懐柔を狙っていないって言ったら嘘になりますけれど、むしろあわよくばと思っていますけれど、それより重要なのはアイの気持ちです」

言って、私はアイを見た。

横ではまたアイが、しゃがんだホートリー大神官の頭を撫でながら、「おじさんのあたまはおつきさまみたいだねぇ」なんて言っている。……うん、なんかもう慣れてきたわね。大神官が幸せそうにしているなら、見なかったことにしよう。

「あの子の、サクラ太后陛下のためにお菓子を用意してあげたいという気持ちを大事にしたいんです。人を思いやる気持ちを育ててあげるのも、親の務めだと思いませんこと？」

私の言葉に、ユーリ様も納得がいったようだった。静かにうなずき――それから優しく微笑んだ。

思いがけず穏やかな笑顔に、私の心臓がドキリと跳ねる。

……あっ、危ない。普段仏頂面が多いから忘れがちだけれど、お顔の造りは大変よろしいのよね！

不覚にもドキッとしてしまうなんて、油断禁物だわ……！

「そうだな。ここは親として、あの子の手助けをすることも大事だ。こうなったら、皆で協力して作るぞ。名付けて〝ボタモチ大作戦〟だ」

「そうこなくっちゃですわ！」

私はぐっと手を上に突き上げた。声に反応したアイも、嬉しそうに「ぐっ！」とちっちゃなおててを突き上げる。

そうと決まれば話は早い。私とユーリ様、ホートリー大神官、侍女や近衛騎士たち、それからもちろんアイのみんなで、私たちは机を囲んで座った。

議長役のユーリ様が、トントンと机を叩く。――第一回〝ボタモチ〟会議の開始だ。

「まずは〝ボタモチ〟が何か、もういちど説明してくれるか、アイ」

指名されて、アイがぴしっと手を挙げた。

「はい！　ぼたもちは、まるくて、くろくて、ちょっとべたっとして、あまくて、もちもちです！」

「だそうだ。思い当たるものがあれば意見を言ってくれ」

すかさず今度は私が手を挙げた。

「チョコレートケーキはどうかしら？」

「ふむ……。確かにほとんどの条件に当てはまっているな。黒くて、丸くて、触るとベタっとするし……しかしアイがピンときていないのが気になる」

そうなのよね。ユーリ様の言う通り、アイはきょとんとした顔をしていた。

もしかしてアイがいた異世界に、チョコレートはなかったのかしら？　どのくらい文化が共通しているのかわからないけれど、この世界でもチョコはまだまだ高級品だものね。

「では、わたくしめは修道院出身の伝統菓子、カヌレを候補に挙げましょう」

今度はホートリー大神官だ。

カヌレ。コック帽のような形をした焼き菓子で、カリッとした表面とモチモチの中身が評判。確かに表面も黒っぽいし、触ると少しベタっとしているところもぴったりね。

「はぁい！　じゃああたしたちは、マカロンを挙げまーす」

きゃっきゃ、うふふ、という笑い声とともに手を挙げたのは、私とアイのレディーズメイドであるアン、ラナ、イブの三人だ。

「確かにマカロンも当てはまるわね……。色も自在に変えられるし、モチモチ……かは評価が分かれるところだけど、噛むと意外と粘着性があるもの」

「ふむ……。オリバーとジェームズはどうだ？」

ユーリ様が、ふたりの近衛騎士に聞く。彼らは茶髪の双子騎士で、三侍女同様、アイと私の警護に当たってくれている。兄のオリバーが困ったように言った。

「おれはあんまり甘いものに詳しくなくて……思いつくものといえばばあちゃんが作るスコーンしか……」

「あっ、ヌガーはどうですか？　べたべたしています」

「ばかっ。べたべたしすぎな上に全然黒くも丸くないじゃないか」

「いてっ」

兄に叩かれるジェームズの姿に、皆が噴き出す。隣ではアイもけたけたと笑っている。

「さて……今挙げたものの中に、ピンとくるものはあったか？　アイ」

ユーリ様に聞かれ、皆の視線が一斉に集まる中。

アイはゆっくり、ゆっくーりと、困ったように首を横にかしげた。

「……わかんない」

ですよねぇ、という声は誰のものだったか、あるいは皆のものだったか。

私はとりあえずアイが負い目を感じないよう、パンッと両手を叩きながら明るく言った。

「もしかしたら、同じものでも名前が全然違っていたりする可能性もありますわ。まずは一度全部、実際に食べてみませんこと？　黒い物大集合の、お菓子パーティーですわ！」

私の提案に、きゃーっという歓声が上がった。見れば侍女たちとアイが、手を繋いでぴょんぴょん飛び跳ねている。その横で、ユーリ様がすばやく侍従に言伝を頼んでいた。

「となればすぐに準備させよう。ハロルドに、さっきのお菓子を作らせるよう伝えてくれ」

ハロルド？　聞いたことのない名前だけれど、誰かしら？

私が首をかしげてから数時間後――アイの部屋に大量のお菓子が運び込まれてきた。

すぐさま部屋はあま〜い匂いでいっぱいになり、女性たちがうっとりとした顔になる。

大きなテーブルに所狭しと並べられたのは、ふんわりしたチョコレートケーキに、つるんとしたザッハトルテ。それからモンブランに、隣にある真っ黒いタルトは……ぶどうタルトかしら？　大神官の言っていたカヌレに、黒っぽいフィナンシェ。それから侍女たちの言っていたマカロンは……すごい、何で着色しているのか真っ黒だ。他にもチョコスコーンにヌガーにと、まさに黒いお菓子の祭典ね！

隣ではアイも三侍女も、わぁああ！　と目を輝かせている。……アイにいたっては口の端からちょっとよだれが出ているわね。

それをハンカチで拭いていると、ユーリ様が誰かを部屋に招き入れた。

「紹介しよう。このお菓子と、それから普段の料理も作ってくれている宮廷料理人のハロルドだ。

……少し口が悪いが、悪い奴《やつ》ではない」

紹介と同時にぬっと部屋に姿を現したのは、積みわらのようにほうぼうに伸びたボサボサの茶髪に、ぎろりと吊り上がった三白眼の若い料理人。……いや料理人と紹介されなければ、どちらかというと傭兵《ようへい》とかごろつきとか、そんなすさんだ雰囲気がただよう男ね。

彼は不機嫌さを隠そうともせず、部屋に入った瞬間吠えた。

「ユーリてめぇ！　急になんて品数作らせやがる！　目が回るかと思ったぞ！」

その瞬間私が笑顔のまま硬直した。アイがさっと私の後ろに隠れる。

……事前に注意があったけれど、想像の一〇倍くらいお口が悪うございますわね⁉

「悪かった。こんな短期間に全部同時に頼めるのは、天才料理人であるお前ぐらいしか思いつかなかったんだ」

天才料理人、という言葉にハロルドという男の肩がピクリと揺れた。かと思うと、まんざらでもなさそうにゴシッと鼻の下をこする。

「へっ。まあな。俺にかかれば造作もねえ。……ところでこのちんちくりんか？　食べさせたい相手ってのは」

男は私の後ろに隠れるアイを見ながら言った。

ちんちくりん？　今、アイのことをちんちくりんって言いまして⁉

クワッと私の目が見開いて、眉間に青筋が浮かんだ。

ユーリ様はともかく、アイに向かってなんて口を――この男、処しますわよ⁉

ゆらり。私は肩を怒らせて、ハロルドという名の料理人にビシッと指を突きつけた。

「アイに向かってちんちくりんとはなんです!! この子はマキウス王国の正当な王女!! 『すべての苦悩と罪を洗い流す女神の娘大聖女兼この世に舞い降りたけがれなき純白の大天使アイ第一王女様』とお呼びなさい!!」

「いや、なげえよ」

即座に返されて私はハッとする。

……た、確かに、『すべての苦悩と罪を洗い流す女神の娘大聖女兼この世に舞い降りたけがれなき純白の大天使アイ第一王女様』は少し長かったかもしれないわね……私としたことが色々思いがほとばしってしまったわ。

「コホン……では省略して『この世に舞い降りたけがれ――』」

「エデリーン、そこは『アイ王女』だけでどうだろうか」

ユーリ様がそっと私を止めた。

よく見れば、大神官も侍女も騎士も、皆がニッコリ、なまあたたかい目で見ている。

私はあわてて言った。

「ま、まあ、ユーリ様がそれでいいというならいいですけれど……。それにしてもユーリ様は、この方とずいぶん親しいんですのね?」

ハロルドの口の悪さは、不敬罪で投獄されてもおかしくないくらいだ。

「彼とは、騎士団の入団当初からずっと一緒にやってきたんだ。同じ釜の飯を食って……というかその飯もハロルドが作ったものなんだが、かれこれ一〇年以上の付き合いになる」

「まあ、一〇年も?」

それは本当に長い。しかもユーリ様がいた騎士団は、過酷な任務にも恐れず突撃することで有名な団。そこで生き延びたということは、ハロルドは騎士としても優秀なのかしら？

「ハロルド、何度も言うがお前は言葉遣いを直すべきだ。私や騎士団相手はともかく、ご婦人や子ども相手には刺激が強すぎる」

「へいへい。国王サマがそう言うのなら、気をつけますよって」

反省しているのか反省していないのか、ハロルドが首をすくめながら言った。

やれやれ、という顔をしたユーリ様が続ける。

「それより、お菓子を食べよう。あまり詳しくないが、こういうのは作りたてが一番なのだろう？」

「あっ！　そうでしたわ！　アイ、テーブルに行きましょう！」

アイはまだ不審者を見るような目でハロルドを見ていたが、私に声をかけられると大人しくテーブルに座った。それから部屋に立つ侍女や侍従、近衛騎士たちにも声をかける。

「ほら、みんなも早く席にどうぞ」

でも……と顔を見合わせる侍女たちに、私はぽんぽん、と隣の椅子を叩いた。

「これだけたくさんあったら、私とアイだけじゃ食べきれないわ。せっかく作ってもらったんですもの、残したらもったいないでしょう。今日は無礼講よ」

たちまち、わぁっ！　と歓声が上がった。

各々どこからか椅子を引っ張ってきて、楽しそうに席につく。

侍女たち女性陣は真っ先にマカロンに群がり、それとは反対に、近衛騎士たち男性陣はお口直し用のゼリー寄せや生ハムに群がっている。……というかお口直し用も用意してあるのね。準備がいいわ。

目の前の争奪合戦を見ながら、私はアイの方を向いた。

「さあアイ、どれから食べる？　……じゃなかった、どれが〝ボタモチ〟に近いかしら？」

黒いつぶらなおめめが、鹿を探す狩人《ハンター》のような鋭さで机の上を走る。そのままじっくりと吟味した後、ちいちゃな指が、ビシィッ！　とあるお菓子を指さした。

「アイはね……これ！」

指されたのは、表面のチョコレートがつやつやと光るザッハトルテだ。

黒い表面にはスライスされた真っ赤なイチゴが並べられており、チョコレートのこげ茶色との対比が、なんとも食欲をそそる色合いになっている。

「おう。お目が高いな。これはザッハトルテといって、特別な手法を用いてツヤ感を出しているんだぜ。見た目だけじゃなくて中身もうまいんだ。食ってみな」

言いながら、ハロルドが見事な手さばきでケーキを切り出す。

断面から覗くのはしっとりしたスポンジに、とろりとした赤い色のジャム。それから少し色が淡くなっているのはチョコレートクリームかしら？　ただようチョコの甘い匂いを、私とアイが胸いっぱい吸い込む。

私はフォークで先っちょを少し切ると、アイのお口へと運んだ。

「はい、あーん」

すぐさまぱかっとお口が開き、はぷっと吸い込まれる。

その途端、しびび、と細かな震えがアイの体を走った。きゅっとすぼめられた口から「はふぅ

「……」と声が漏れる。

「あまじゅっぱ～いねぇ！　おいしい！」

「ふふん、そうだろう。本来ザッハトルテは少し大人の味だが、お子様向けに少しクリームを足してあるからな」

へえ。この男、なかなかやるじゃない……。私は少し彼を見直した。

お口直し用の品といい、クリームといい、ただ作るのではなく、食べる人のことを考えて細かな調整を入れてくるなんて。ガサツそうな外見とは裏腹に、意外と気の利いたこともできるらしい。

隣ではアイが、ぽふぽふと自分のほっぺを叩いている。おいしい時の合図だ。それを満足げに見ながら、私も自分用のザッハトルテをひとくち食べた。

……ううん！　濃厚でおいしいっ……！

私はうっとりとチョコの甘さに浸った。

チョコレートとスポンジはしっとり濃厚で、でもそこにアプリコットジャムのほどよい酸味が広がって、初恋みたいにキュンとする味だ。チョコレートソースの優しい甘みもあるから、くどくなりすぎずにいくらでも食べられちゃいそう……！

「おいしいねえ、ママ」

「おいしいわねぇ、アイ」

もうひとくちアイにあーんをしながら、私たちは顔を見合わせてにこにこ微笑んだ。それを見た侍女たちも、今度は競うように自分の皿にザッハトルテを載せている。

「ふふん、どうだ俺の腕前は」

ハロルドが鼻高々といった様子で胸をそびやかす。私は言った。

「ハロルド、あなたすごいわ！　普段の料理もあなたが作ってくれているんでしょう？　その上こんなにおいしいお菓子まで作れるなんて……ユーリ様が天才料理人と言ったのも納得よ。ねっアイ？」

「すごいでしゅ、おいしぃでしゅ！」

アイったら、口にめいっぱい詰め込んでいるせいで、赤ちゃんみたいになっているわ。

笑いながら口の端を拭いてやると、ハロルドはなぜか顔を赤くしてもじもじしていた。

「お、おう……。それは……どうも……」

その肩を、なぜか目が全然笑っていないユーリ様がバンと叩いている。

それからアイと私は、ふたりで分担しながら少しずつ色々なお菓子を食べた。

モンブラン、タルト、カヌレ、マカロン、フィナンシェ。お口の中が甘くなりすぎてわけがわからなくなってきたところで、お茶をひとくち飲む。

「ふう……。少し、しょっぱいものもいただこうかしら」

「それならエデリーン様、こちらはいかがでしょうか？」

そう言いながら双子騎士の弟、ジェームズが何かを差し出す。

彼らの方を見て、私はぎょっとした。

「その顔はどうしたの⁉」

見れば双子騎士たちだけではなく、三侍女までもがみな口の周りを真っ黒に染め上げていた。目をキラキラさせ、ただし口の周りは真っ黒のまま、三侍女たちが口を開く。

「イカ墨のパスタです！　エデリーン様、これとてもおいしゅうございますわ！」

「騙《だま》されたと思って食べてみてくださいませ！」

「ただしお口周りは汚れますわ！」

もはや黒い以外、〝ボタモチ〟とはまったく関係がないわね……と考えたところで私はふと思い出した。

「そういえばアイ、この中に〝ボタモチ〟と似ている何かはあった？　……アイ？」

返事がないのを不思議に思いながら隣を見ると、アイがレンガくらいありそうな巨大ヌガーにかみついたまま、「ふががが」と必死の形相で私を見ていた。

たっ大変!!　くっついてしまったのね!?

私たちはあわててアイの救出に走った。

ヌガーは昔ながらの伝統的なお菓子なのだけれど、その正体はやわらかい飴《あめ》。小さな子だとたまに、嚙み切れずに歯にくっつくこともあるのよ。

しかもアイがかぶりついたのは小さく切り分けられた方ではなく、飾り用の巨大ヌガー。アイの白い小さな歯が、がっちりとヌガーに固定されてしまっていた。

私とユーリ様、それからハロルドの三人がかりで、そぉーっとそぉーっとアイの顎や歯が外れないよう、慎重にヌガーを引き抜く。

やがて、ずぽんっと音がして、なんとか解放されたアイは小さな声で言った。

「ぬがー、こわい……」

うんうん、怖かったわね……。よーしよーし、もう大丈夫よ、と言いながら私が撫でくりまわしていると、アイが髪をくしゃくしゃにされながら、思い出したように言った。

「でもねえ……ぜんぶおいしかったけど……ぼたもちなかったよ」

「そう……。ちょっとでも似たようなものはあった？」

そう聞いても、アイはうーんと首をかしげるばかり。どれもかすりもしなかったみたい。

でもしょうがないわね。そもそも、お菓子の説明って、大人でも難しいことがあるもの。子どもなら、なおさらよ。

それにしても、これが全部だめってなると……どうしたものかしら。

私が考え込むそばで、料理人のハロルドも首をひねっている。

「この辺りに伝わる黒くて甘いものと言えば大体出揃った感じはあるしなあ……。となるとよその国の食べ物か？」

よその国……こうなったら交易商人たちを呼び寄せるべきかしら？

皆でああでもない、こうでもないと頭を悩ませていると、アイがもぞ、と身じろぎした。

「アイ？　どうしたの？」

尋ねると、つぶらな目が心配そうに私を覗き込んでくる。それから小さな両手がきゅっと私の手を握り、スキルが発動した。

『みんなこまってる。……アイのせい？』

しまった！　アイは聡い子だと十分にわかっていたはずなのに、うっかり不安そうな顔を見せてしまったわ！

私はあわててアイの手を取った。

「困ってるわけじゃないのよ。みんな、アイと同じ気持ちなの。サクラ太后陛下——サクラのおばあちゃんの喜ぶ顔が見たい、どうしたら喜んでくれるのかしらって、それを一生懸命考えているだけなのよ」

サクラ太后陛下ごめんなさい。今だけ、おばあちゃん呼びを許してください……！

「アイ……わるいこと、いってない？」

「全然言ってないわ。あなたのアイディアはとっても素敵だったし、私、アイの優しい気持ちにとっても感動しちゃった」

これは嘘偽りのない本当の気持ちよ。

だからこそ、サクラ太后陛下にボタモチをあげたいというアイの願いをかなえたかったの。

「ありがとうね、アイ。一生懸命、考えてくれたのよね」

そう言って、私は目の前に立つアイを、ぎゅっと腕の中に閉じ込めた。アイがくすぐったそうに、えへへ、と笑う。

「みんなで頑張ってボタモチを見つけましょう。サクラ太后陛下に食べさせてあげたいのもそうだし、それにね、本当のことを言うと……」

そこで私はいたずらっぽく笑ってから、アイの耳にそっとささやいた。

「……ママも〝ボタモチ〟を、食べてみたいの。だって、とってもおいしいんでしょう？」

途端にアイの瞳が輝いた。小さな手を一生懸命振りながら、ふんすふんすと鼻息荒く説明する。

「ぼたもちはねっ！　すっごくおいしいんだよ！　あまくてもちもちでねっ！　やさしいの！　あとね、あとね、たべてもたべてもなくならないの！」

「まあ、すごい。魔法の食べ物ね？」

「そうなんだよ、まほうのたべものなの！」

えっへん、とアイが胸を張る。

ああ、可愛い……！　本当に可愛い……！

その一生懸命な姿に、私はたまらず鼻を押さえた。よかった、鼻血は出ていない。

そして後で、エッヘンしているアイの姿を絵に描かせてもらわないと……！　また一枚、アイコレクションが増えちゃうわねウフフフフフ。

「それは楽しみね。サクラ太后陛下も、きっとびっくりしちゃうわね」

くすくす笑いながら、私はもう一度ぎゅっとアイを抱きしめた。

——その瞬間、三回目の衝撃が、ばちっと私の体を走った。

「ふぐっ……！」

「ママ？」

「うっ、ううん。なんでもないわ」

アイを怯えさせないよう、顔の筋肉を総動員して笑顔を作る。

……本当に、今ので叫ばなかった私を褒めてほしい……！　いつもいつも、痛くはないけれど不意打ちすぎてびっくりするのよ……！

それで、今度は何かしら？　私は頭の中の文字に注目した。

『聖女アイ：スキル映像共有を習得。対象、王妃エデリーン』

……〝エイゾウ〟って、何かしら？

「エイゾウ……エイゾウ……？」

文字は読めるのに、言葉の意味が理解できない。私が不思議そうにブツブツつぶやいていると、異変に気づいたユーリ様が声をかけてきた。

「エデリーン、どうかしたのか？」

「実は……アイのスキルが、またひとつ増えたようなのですが……」

「何っ？　スキルが増えたのか!?」

その声に、皆の視線が一斉に集まる。

「ですが、書いてある意味がわからなくて。……〝エイゾウ〟って何かご存じですか？」

「〝エイゾウ〟……？」

やはり、未知の単語よね？　ユーリ様のみならず、他の皆も首をかしげている。

「〝エイゾウ共有〟と書いてあったから、何かアイと共有できるとは思うのだけれど……。アイ、新しいスキルを覚えたみたいなんだけれど、使えそうかしら？」

アイがきょとんとする。

そもそも、この子には新しいスキルを覚えたという自覚って、あるのかしら？

しばらく考えたのちに、アイは私の手をぎゅっと摑んだ。

するりと頭に浮かんできたのは――。

『これでいいのかなあ？』

……うん、これはいつもの『スキル以心伝心』のようね。

諦めきれず、私はもう少しだけ聞くことにした。

「アイ、いつもと何か違うところないかしら？　例えば何か文字が増えてたり……、何か見慣れないものがあったり……」

こてん、とアイが首をかしげる。

くぅっ！　こんな時でもアイの可愛らしさは一〇〇点満点ね……！　これはまた、後ろで侍女たちがうっとりしているに違いないわ。

「もじ……。あっ、もしかして、これのことかなあ？」

なんて考えているうちに、何やらそれっぽいものがあったみたい。

私がアイの手を握ったまま待っていると、脳裏に、ジジッ……という音と同時に、絵が浮かんできた。……これ、何かしら？

戸惑う私の頭の中には、蜃気楼《しんきろう》のようにぼんやりとした絵が浮かび上がっている。それは私の目から見える光景と喧嘩《けんか》して、絵が二重になっていた。だから私は、思い切って目をつぶることにした。目から入る光景を締め出すと、頭の中のおぼろげだった絵が、だんだんはっきり、くっきりと鮮明になっていく。

その真ん中に映っているのは――。

やだっ!!　もしかしてこれ私!?　ちょっと顎のお肉がたるんでない!?

脳内に、突如目をつぶった自分の顔が映し出されて、私はすんでのところで叫び声を上げるところだった。

まっ、まずい。最近確かにちょっとはめをはずしていたとはいえ、なんなのこのお肉！　角度の問題かしら⁉　きっとそうよね⁉　アイが下から見上げているから、よね⁉

必死に自分の頭を納得させながら、同時に私は気づいていた。

これはもしかしなくても、アイに見えている光景なのかしら？

私の後ろにはユーリ様もいるし、予想通り侍女たちがうっとりした顔でアイを見ているし。あっホートリー大神官様ったら、お顔がイカ墨で真っ黒……というか、どういう食べ方をしたら顔全部が黒くなるのよ。

頭の中の絵は、まるでアイの目を通して皆を見ているよう。

――どうやら〝映像〟というのは、脳内に絵を描くスキルみたい。けれど絵と違って、アイが映したものは鏡を見ているように鮮明な上に、対象が動くのよ。聖女の力って、本当にすごい……！

私は目を開けると、アイの頭を撫でた。

「アイ、すごいわ！　とっても上手にできたわね！」

えへへ、とアイが嬉しそうに笑いながら、私の手にほっぺをすりつける。それをひとしきり撫でまわしてから、私は皆を席に座らせた。

それから改めて、アイの新たなスキルについて説明すると、おぉっとどよめきが上がる。

「まさに、聖女の奇跡としか言いようがないな……。一体どういう仕組みなんだろう」

「ありがたやありがたや……！　信徒ホートリー、またひとつ聖女様の奇跡をこの目で拝見できようとは……！」

ユーリ様が興味深そうに見つめる横では、大神官がまたもやアイを崇めている。私の横では、三侍女のひとりがアイの右手を撫でさすり、もうひとりがアイの左手を撫でさすり、最後のひとりが頭を撫でさすっていた。もちろん、全員恍惚とした表情だ。

「エデリーン、アイが映し出せる映像とやらは、今見たものだけなのか？　過去に見てきたことは？」

「それは……どうでしょう。もう一度試してみないと」

私が首をかしげると、そばでじっと会話を聞いていた料理人のハロルドが口を開いた。

「……そのちんちくりんが過去の記憶も映し出せるなら」

「ちんちくりんはやめてっ!!　『すべての苦悩と罪を洗い流す女神の娘大聖女兼この世に舞い降りたけがれなき純白の――』」

「わぁかったわかった！　なら『姫さん』な！」

フーッフーッと肩で息をする私を、ハロルドがあわててなだめる。

……姫さん？

ふうん、まあ、可愛い響きだから、それならギリギリ許してあげてもよくってよ……。

横ではなぜかユーリ様がくつくつと笑っていた。ハロルドが続ける。

「もし姫さんのスキルで記憶も映し出されるなら、その〝ボタモチ〟とやらも正体がわかるんじゃないか？」

「あっ、確かにそうね！」

私はポンと手を打った。それから急いで、今度はアイのほっぺをつついている三侍女を引きはがそうとした。……って待って。なんかこの娘《こ》たち、だんだん、はがれなくなってきているんだけどっ……！　前より粘着力、上がっていない？

力ずくではがしては投げ、はがしては投げを繰り返してようやく自由になったアイの手を摑む。

「アイ、今度は〝ボタモチ〟のことをママに教えてくれない？　多分、頭に思い浮かべればいけると思うの」

「ぼたもち？　いいよ！」

アイがぎゅっと私の手を摑んだ。途端に、頭の中に何かもやもやした映像が浮かび上がる。私はまた鮮明度を上げるために、目をつぶった。

――ぼんやりと浮かび上がるのは、丸い、白い、何か。

……あ、これもしかしてお皿かしら？

じゃあ、この真ん中に載っかっている黒くて丸いこれは……。

これは……。

……うん。

黒くて……丸くて……。

……うん。

私はカッと目を見開いた。

「どうだ？　わかったか？」

すぐさまユーリ様が聞いてくる。大神官やハロルド、侍女に騎士たちもじっと私の言葉を待っている。

……でもね、どうしましょう。こんなこと言っていいのかしら？

——見たけれど、黒くて丸い以外何かさっぱりわからなかったわ、って。

私は頭を抱えた。

「その……確かに黒くて、丸くて、多分触ったらべとっとする感じのものでしたわ……」

皆が注目する中、私は冷や汗をかきながらなんとか言葉をひねり出した。

ハロルドが、目を細めながら言う。

「……それで？　肝心の素材とか、どういう製法のものなのかとかは？」

うっ、この人、痛いところをついてくるわね。

でも隠しておけることでもない。私はがっくりとうなだれた。

「……そういうのは、全然わからなかったわ。黒っていうか、ちょっと赤みの混じった黒に見えたくらいで……。むしろあれが甘いなんて想像がつかないというか」

言いながら、私はアイのほっぺをむにむにとつついた。

「アイ、〝ボタモチ〟って、甘いんでしょう？　しかも、モチモチしてるんでしょう？」

「そうだよ！　となりのおばあちゃんがね、よくつくってくれたの」

「……隣のおばあちゃん？」

ぽろりと出てきた単語に、私の手が止まる。

〝ボタモチ〟は、その隣のおばあちゃんという人物が、アイに作ってくれたものなのね？　だとしたら……！

私ははやる気持ちを抑えて、アイに聞いた。

「アイ。その、おばあちゃんが作ってるところ、覚えてたりしない……？」

「えっと……たぶん、おぼえてるよ？　アイ、ずっとみてたから」

パッと顔を上げると、ユーリ様と目が合った。彼も何か予感を抱いたらしく、力強く私にうなずいてくる。私はアイを見た。

「アイ。なら今度は〝ボタモチ〟を作っているところを見せてくれないかしら。少しでも何かわかったら、ハロルドのおじさんが作ってくれるかもしれないわ！」

「おまっ……おじさんはねえだろおじさんは！　俺はまだ二〇代だからお兄さんだ！」

「あら、二〇代？　てっきりもっと上かと……」

「俺は二四でぇす！　ユーリより一個年下でぇす！　立派なにーじゅーだーいー！」

「エデリーン、ハロルドのことよりボタモチを」

すかさずユーリ様が、後ろからハロルドを押しのけた。

そうだった、今は彼の年齢よりも、〝ボタモチ〟よ！

「アイ、がんばっておもいだす！」

ユーリ様の言葉に反応して、アイがやる気たっぷりにふんっと鼻を鳴らす。私たちはまた手を繋いだ。

――次に目をつぶって現れたのは、見知らぬ〝おばあちゃん〟だった。

女性にしてはずいぶん短く切られた髪の毛に、ここに来た当初のアイが着ていたような、ぴっちりとした袖の服。年齢は、ちょうどサクラ太后陛下と同じぐらいかしら……？

いかにもなよやかといった風情のサクラ太后陛下と違い、アイの記憶の中にいるおばあちゃんはしっかりとした体つきだ。表情も凛々しく、快活とした様子。足が悪いのか、歩く時だけ少し引きずっている。

『――、――』

女性が、アイに向かって手招きしている。何か言っているようだったけれど、私に音は聞こえず光景が見えるだけ。言っている内容まではわからなかった。

その次に見えたのは、女性がアイに、鍋のようなものを見せているところだ。

鍋の中には、たっぷりの水と黒いつぶつぶとした何かがたくさん。一瞬キャビアかと思ったけれど、粒はもっと大きくて……赤みを帯びているわ。形からして、豆かしら？

それを見せながら、女性が何かアイに説明している。

それから不思議な形の器具に載せると……わっすごい！　またたく間に火がついたわ!?　こんな簡単に魔法を使えるなんて、アイのいた世界はすごいわね……！

そこで一瞬視界が乱れて……場面が飛んだのかしら？

次に見えたのは、アイとおばあちゃんが、太くて丸い棒を使って一生懸命黒いそれを潰しているところだった。時折、白いサラサラした何かが混ぜられていく。

へえ……ボタモチはこういう風に作られるのね。それに、アイの記憶力もすごいわ。前からよく周りを見ている子だとは思っていたけれど、こんなにしっかり覚えているなんて、アイは本当に賢いわ……！　さすが私のアイね！

五歳とは思えない記憶力と観察力に感心していると、おばあちゃんが立ち上がる。

彼女はやけに深いお皿？ 鍋？ を持ってきたかと思うと、その中から白い粒が集まった何かをすくいとった。……これはお米、よね？ 前にリゾットで食べたことがあるわ。

しわのだいぶ深くなった手が、ぎゅっぎゅとお米を丸める。それが済むと、次は先ほど潰した黒い豆の上に載せてお米を包み始めた。

あれって、中にお米が入っていたのね……!? それがもちもちの秘密かしら？

私が驚きながら見ている前で、あっというまに〝黒くて丸くて、べとっとした〟お菓子が出来上がった。それを、おばあちゃんがいくつもいくつも量産していく。

そこで私は目を開けた。

周りでは、ユーリ様やハロルド、大神官に三侍女に騎士たちが、じっと私のことを見つめている。

今度こそ、みなが探し求めている答えを、届けられそうよ！

私はふっと笑った。

「――謎はすべて解けましたわ」

私の渾身《こんしん》の決め顔に、ユーリ様が身を乗り出す。

「それで、正体は一体……!?」

こういう時、真剣に付き合ってくれるユーリ様って、いい人だなって思うの。

だって隣でハロルドが「はやく言え」みたいな顔をしているから。

「〝ボタモチ〟の正体は、豆と米ですわ」

「はあ!? 豆ぇ!?」

ハロルドが叫んだ。アイがびくっと体をすくめる。

私はあわててアイを抱き寄せた。ハロルドはとにかく声が大きいのよね。

「大きな声を出さないでくださいませ！　アイがびっくりするでしょう！」

「悪い。けどよ……それは何かの悪い冗談だろ」

言いながら、ハロルドがじろっと私を見る。

「豆といえば、しょっぱいか辛いかだ。百歩譲ってすっぱいのは許せるにしても……甘くするなんて聞いたことがないぞ⁉」

うっ……。私は何も言い返せなかった。

そうなのよね。スープに煮込み料理にサラダにと、我が国で豆を使う料理は山のようにあれど、ハロルドの言う通り甘い豆料理なんて見たことがない。それは料理人である彼が一番よくわかっているのでしょう。

でも、アイが甘いと言っているのなら、私はそれを信じるわ。問題は、どうやって彼を納得させられるかね……。

私が反論方法を考えていると、それまでじっと考え込んでいたユーリ様が顔を上げた。

「……お前らしくないな、ハロルド」

「え？」

不機嫌そうに顔をしかめるハロルドに、ユーリ様がすぅ、と目を細める。

「アイのおかげで平和になった途端、丸くなったか？　たかが豆が甘いぐらいで怖《お》じ気づくとは。『死ぬくらいなら魔物の肉でもなんでも食べてやる』って言っていた頃のお前はどこにいったんだ？」

言いながら、ユーリ様が鼻でフッと笑った。その眼には、煽《あお》るような光が浮かんでいる。ハロルドがぎろりとユーリ様をにらむ。

「てめぇ、言わせておけば……！　わかった。こうなったら甘い豆でも未知の料理でもなんでも作ってやる。俺の腕前を見せてやるよ！」

その言葉に、ユーリ様は不敵な笑みを浮かべた。

「それでこそ『鍋をしょった悪魔』と呼ばれたお前だな。期待してるぞハロルド。欲しい材料があったらなんでも言え」

「待て!!　そのふたつ名は絶妙にダサくないか!?　俺はそんな名前で呼ばれていたのか!?　答えろおい!?」

ハロルドががくがくとユーリ様を揺さぶる。ユーリ様はニッコリ……と微笑んでいた。


それからハロルドは私の証言をもとに、早速色々な食材を特定していった。

まず豆なのだけれど、我が国にかろうじて流通する黒い豆はすべてとても大きくて、私がアイのスキルで見たものとは違っていたのよね。

ユーリ様が各地から商人を呼びよせた結果、東にある国の〝小豆《あずき》〟という豆だということがわかったの。しかも聞いた話によると、その国の人間はみんな黒髪に黒い瞳を持つのですって。アイと同じだわ……何か、繋がりがあるのかしら？

「おい、これ食ってみろ」

そんなことを考えていたら、ハロルドが小皿に載った黒いつぶつぶを差し出した。

今日は、アイが見たいというから、特別に厨房《ちゅうぼう》にお邪魔させてもらっていたのよ。

ハロルドが差し出したのは、私がアイのスキルで見た〝ボタモチ〟の表面とそっくりのもの。アイと私が、わくわくしながらそれをスプーンですくいとって食べる。

──すると。

「ぶへぇっ！」

「しぶいわ⁉」

私たちは叫んだ。アイの小さなお口からでろでろと豆が吐き出される。侍女たちがあわてて片づけに走ってきた。

「これは一体なんですの⁉　甘いどころか渋くて、食べられたものじゃないわよ？」

隣で、んっくんっくと水を飲んでいるアイも涙目だ。

だというのに、ハロルドはお腹を抱えて笑っている。

「引っかかったな。これはアク抜き前の豆だ。商人が教えてくれたんだが、その豆は何度か茹《ゆ》でないととても食えたもんじゃないらしい」

こ、この男……!!

私はともかく、アイにそんなものを食べさせるなんて……すり潰しますわよ!!

私が怒りに震えていると、ハロルドが突然血相を変えた。目線の先にいるのはゆらりと立ち塞がったユーリ様。

「おっおい、ユーリやめろ！　剣を抜くな！　ただのたわむれだろ、たわむれ！」

見れば、剣を抜いたユーリ様が見たことないほど恐ろしい形相でハロルドをにらんでいる。目だけで射殺すという言葉があるけれど、まさにそんな感じね……！ 戦場で絶対出会いたくないタイプだわ。

「ハロルド、お前、とうとう命が惜しくなくなったようだな」

「待て待てごめんって！ 目が本気で怖えよ！」

「ユーリ様！ 駄目ですわ！」

私は叫んだ。ぎゅっとアイを抱き込み、何が起こっているのか見せないようにしながら。

「アイが見ているので、殺《や》るならよそでお願いいたします！」

「わかった」

「止めるところそこじゃなくない!?」

涙目で鼻水を飛ばしながら叫んだハロルドを、ユーリ様がぎろりとにらむ。

「ハロルド、まだ首を繋げていたかったら、冗談を飛ばす相手はよく選ぶことだな」

「ごめん！ 本当にごめんなさい！ もう二度としませんから！」

その後、ハロルドはユーリ様に散々しぼられた末に、

「おじちゃん。アイは、おこってないよ」

と、大天使にぽんと肩を叩かれてなんとか許しを得ることに成功した。

「まあ、アイがそう言うなら、許しましょう」

「そうだな。アイが許しているなら、許してやろう」

ようやく剣を収めたユーリ様を見ながら、壁に張りついたハロルドが言う。

「俺は今回のことでよくわかったぜ……。この国の頂点が、誰かっていうことをな……」

言葉の意味がわかっているのかわかっていないのか、ハロルドに見つめられたアイが、「えっへん！」と胸を反らした。


その後、私たちはアイの部屋に戻り、少し遅めのおやつを堪能していた。

ハロルドがお詫《わ》びとして献上したのは、色々な種類の小さなタルト。

大人の手のひらサイズでありながら、たっぷりのクリームにちょこんとイチゴが載ったものもあれば、ブルーベリーを敷き詰めたものもある。さくらんぼを積み木のように重ねたものや、いちじくを大胆にたっぷり載せたものなど、見ているだけで楽しい。

あのハロルドが作ったとは思えない繊細で愛らしいミニタルトに、私はつい怒りも忘れた。何より、アイが口いっぱいタルトを頬ばってとっても幸せそうだったんだもの。

「さくさくで、おいしいねえ」

「次はどれを食べる？　オレンジをゼリーで固めたこれもおいしそうよ」

私は侯爵家の令嬢だから散々美食を楽しんできたはずなのだけれど、その私がウキウキしてしまうあたり、彼の実力はやっぱり本物なのよね。

「ユーリ様もいかがですか？」

私が差し出したのは、ズッキーニとアボカドの四角いタルトだ。甘いものが苦手なユーリ様のために、ちゃんとしょっぱい味も用意されている。

「……うまいな。クリーミーなのに濃厚で、ざくざく感も食べ応えがある」

ユーリ様の言葉に、口の端にクリームをつけたアイの目が光る。

「……アイも食べるか？」

「うん！」

気づいたユーリ様が、タルトをフォークで切り分ける。それはすぐに、鳥のヒナのように待っていたアイの口に吸い込まれ、もぐもぐとほっぺが膨らんだ。

「しゅっごくおいひぃ」

口からタルトがこぼれないように、一生懸命おててで口を押さえながらアイが笑った。

皆でタルトをつつく時間は、穏やかで平和そのものだった。気づけばアイは、ユーリ様ともすっかり打ち解けている。

……あら、そういえば。

私はちらっと横目でふたりを見た。

以前、アイはユーリ様のことを〝パパ〟と呼ぶのを嫌がったけれど、今ならいけるのではなくって……？

私は期待しながら、そっとアイにささやく。

「アイ……。そろそろ、ユーリ様のこと、パパって呼んでみたくなった……？」

――けれどそう聞いた瞬間、またアイの下唇がにゅっと突き出された。

あ、これはダメなやつだわ……！　私が悟った瞬間、アイがぼそっと言う。

「やだ」

ズゥウウン。

小声のつもりだったけれど、しっかり聞こえていたらしいユーリ様が肩を落とした。

しまった……せっかくいい雰囲気だったのに、いたずらにユーリ様を落ち込ませてしまったわ！

ユーリ様のいないところで聞けばよかった……。

「そ、そうよね。仕方ないわ。気分が乗らない時ってあるものね⁉」

まだ下唇を突き出してむくれているアイと、わかりやすいぐらい落ち込んでいるユーリ様を、あわててフォローする。

「ごめんなさいユーリ様、私の迂闊《うかつ》な発言で……！　でも、大丈夫ですわ。その……他の部分ではだいぶ打ち解けてきましたし、きっといつかは呼んでくれる日が来る……かもしれません。私たち、これから一緒に親になっていきましょう？」

励ますように言えば、ユーリ様がようやくこくりとうなずいた。その姿はしょぼくれた大型犬のようで、ちょっと可愛い……なんて本人にはとても言えないわね。

それにしても本当、なんでパパ呼びはダメなのかしら……。

不思議に思いながら、私はパクリとタルトを口に入れた。

❖

「待たせたな、これが〝ぼたもち〟だ！」

そう言ってハロルドがテーブルに出したのは、まぎれもない〝ぼたもち〟だった。

アイの記憶で見たものと、そっくりそのまま同じ……だと思う。

「これ……味は大丈夫でしょうね？」

私は怪しみながらハロルドを見た。隣では、アイも眉間にぐっとシワをよせて、精いっぱいの怖い顔を作っている。

「大丈夫だよ。ああいうイタズラはもうやらねえ。命が惜しいからな」

ユーリ様を見ながらハロルドは言った。

それなら、大丈夫そうかしら？

念のため、私はアイに少し待ってもらって先に味見をする。ナイフを入れると、黒くて丸いぼたもちがまっぷたつに割れ、中から白い米が覗いた。

……うん、中身もアイの記憶通りね。

さらにひとくち大に切ってから、私はおそるおそる口の中に運んだ。

途端、口の中にふわぁっとした甘みが広がる。舌に触れる少しざらついた感触が豆よね？　普段慣れ親しんでいる菓子よりも控えめで優しい甘さに、思わずほぅ……と顔が緩んだ。

甘い豆って、こんな味がするのね。おいしいじゃない。

嚙むと、アイの言う通りモチモチとした食感が豆と混じって、今度はほんのり絶妙な甘さに変わる。しっかりした嚙み応えのせいか、ひとくちしか食べていないはずなのにとても満足感があるわ。

アイが「たべてもたべてもなくならない」って言っていたのは、このことかもしれないわね。

「うん、おいしいわ！　アイも食べて大丈夫そうよ」

私は小さめに切ったぼたもちを、目を輝かせて待っているアイのお口に運んだ。

あむっ！　という音とともに吸い込まれ、嚙むたびにアイのほっぺがぷくぷくと膨らむ。それから、アイが「ふわぁ～っ」と声を漏らした。

「おいしいねぇ。おばあちゃんのぼたもちといっしょだねえ」

ぼたもちがこぼれないよう、手で口を押さえながらアイが嬉しそうに言う。ハロルドがここぞとばかりに胸をそびやかした。

「ふふん、どうだ俺の腕前は。言っとくけど、そこにたどりつくまで結構大変だったんだぜ。米だって普段使ってるものだとパッサパサになるから、わざわざ〝もち米〟とかいうのを入手してきて、それも煮るんじゃなくて炊き上げるんだって片言の商人に教わって、すげえ試行錯誤した末に――」

「ユーリ様も食べますか？」

ぼたもち製作の苦労を語り始めたハロルドはそのままに、私は隣に座るユーリ様を見た。

「あっおい、俺の話を聞いてくれよ！」

「聞きますわよ。でもその前に、ユーリ様に食べさせたっていいでしょう？」

「……まあ確かに」

甘いものが苦手なユーリ様でも、この優しい甘さならいけるのではないかしら？　せっかくだもの、おいしいものは、みんなで分け合わなくっちゃね。

「……なら、少しだけもらおう」

その言葉に、私は自分の分を少し切り取った。

それからひとくち分をフォークに刺して彼に差し出す。

「はい、あーん」

途端、ユーリ様が硬直した。

「エ、エデリーン……その、私はひとりで食べられるぞ」

その言葉にはっとする。

しまった！　最近ずっとアイにあーんするのが当たり前になりすぎて、つい……！

「ご、ごめんなさい！　私ったら！」

なんて失礼なことを！　赤面しながらあわてて手を引っ込めようとしたところで、手首を掴まれる。見れば、同じく顔を赤くしたユーリ様がいた。

絶妙に目は逸らされているものの、掴まれた手首が解放される気配はない。

「……いや、せっかくだからもらう」

言って、ユーリ様の顔が近づいてくる。

長めの黒髪がさらりと揺れて、伏せられた長いまつげが見える。それからユーリ様の口に、ぱく、とぼたもちが吸い込まれた。

「……うん、これはうまいな。さすがハロルドだ」

言いながら、ユーリ様がぺろりと口の端を舐める。一瞬覗いた赤い舌に、私の心臓がドッと暴れた。

「そっ、それは大変よかったですわ……」

なっ……なんなの今の!?　思わぬ色気に、ちょっと声が裏返ってしまって猛烈に恥ずかしいですわ!!　美形ってたまにこういうところで思わぬ威力を発揮してくるから怖い!!　油断、禁物！

私が動揺を出さないように内心で格闘していると、ニチャニチャした笑顔を浮かべたハロルドがこっちを見ていた。……なんなのその顔。なんかねばついているわよ。

「ふぅーん、ふぅ～～ん？　我らが王様と王妃様は、ずいぶん初々しいですなあ？」

「ほっほっほ。見ていると何やら、甘酸っぱい気持ちになりますのう」

ちょっと待って。ホートリー大神官までいつの間にいらしていたのですか⁉

「あの『軍神ユーリ』がねえ……ふぅん、王妃サマにはこんな顔をするんだあ……へええ、ふううん」

「おいハロルド、お前、何を企んでいる……」

「いやいや、何も企んじゃいねえさ。ただ騎士団の奴らに話したら、さぞかし喜ぶだろうなあと思って」

プークスクスと、ハロルドが悪い顔をしながら手で口を押さえて笑っている。

「やめろ！　奴らには知られたくない」

ハロルドがケタケタ笑いながら逃げていくのを、ユーリ様があわてて追いかけに行く。

それを遠目に見ながら、私はアイにもうひとくちぼたもちを食べさせていた。

「へーカは、あのおじさんとなかよしだねぇ」

もにもにとほっぺを膨らませながらアイが言う。

「仲良し……そうねえ、きっと仲良しなのね。あんな風に本音で話せる友達がいるのは素敵なことだわ」

もうひとくちぱくっと食べながら、アイが続ける。

「アイも、ぼたもちもってったら、おばあちゃんとなかよくなれるかなあ？」

サクラ太后陛下のことかしら？　ずっと覚えているなんて……本当にアイは優しい子ね。

私はアイのやわらかな髪にさらっと指を通す。

「きっと、仲良くなれるわ。今度お会いするのが楽しみね」

私の言葉に、アイが「うんっ！」っと力強くうなずいた。

✣

「あまり日持ちはしないが、少なくとも今日明日は大丈夫のはずだ」

翌日。ハロルドにぼたもちを包んでもらいながら、私とアイ、ユーリ様とホートリー大神官の四人は馬車の前に立っていた。

「ありがとう、ハロルド。本当に助かったわ。あなたがいなかったら、きっとぼたもちは完成していなかったと思うの」

〝小豆〟や〝もち米〟という未知の食材を使い、記憶と片言な商人の証言を頼りにぼたもちを見事再現してみせたハロルドの腕前は本物だ。

それにユーリ様いわく、彼は他の仕事と両立させながら、徹夜で何度も試行錯誤を繰り返してくれたみたい。アイに渋い豆を食べさせたことは未だに根に持っているけれど、それとは別に、彼の頑張りはきちんと評価してあげたいわ。

私がお礼を言うと、ハロルドは不思議そうな顔をした。それからぼりぼりと頭をかく。

「……あんたは本当に不思議な王妃さんだな。貴族のお嬢様っていうのは、俺を見ると大体汚らわしいものでも見るかのような目をするのに。あんたは俺を嫌がらないどころか、お礼まで言ってくれる」

「そう……かしら？　結構雑な扱いもしている気がするけれど」

「雑な扱いでも、俺とちゃんと話してくれたのはあんたが初めてだよ。俺はド平民から成り上がった騎士で、料理人だ。品も何もないからな。今まで会った令嬢たちは皆、扇子でサッと顔を隠したきり、目も合わせてくれなかった」

確かにハロルドは野性味にあふれた雰囲気だけれど……目も合わせないだなんて。

私は首をひねった。

「我が家の教育方針があったから……かしら？ 身分問わず、人は大事にするよう教育されてきたのよ」

父は、いつも言っていた。

『私たちの生活が成り立っているのは、私たちが偉いからではない。生活を支えてくれる人たちがいるからこそだ。決して軽んじてはならん。大事にせよ』

色々と破天荒な父だけれど、そういうところは尊敬しているのよね。

私が考えていると、ハロルドが真剣な顔で言った。

「俺……実を言うと、聖女以外が王妃の座に収まるのは反対だったんだ。どう考えても揉《も》め事の種にしかならないし、ユーリにこれ以上の苦労を背負わせたくなかった」

私はうなずいた。自分でも、聖女じゃない私が王妃の座に収まるのは厄介事にしかならないと思っていたんだもの。ユーリ様の友であるハロルドにとってはなおさらよね。

「でも……姫さんが五歳だからってわけじゃないが、俺はあんたが王妃でよかったと思ってるよ。俺を偏見の目で見ないあんたなら、この国を任せてもいいと思っている」

「ハロルド……」

言い方はぶっきらぼうだったが、その瞳は本気だ。

そこへ、ユーリ様がぬっと現れる。その目はいつになく鋭く、彼は牽制《けんせい》するように言った。

「……ハロルド、エデリーンは私の妻だぞ」

「待て待て早まるな、落ち着け。俺がお前から奪おうなんておそれ多いこと考えるわけないだろ！」

まだ命は惜しいからな！　と叫びながらハロルドはあわててあとずさりした。

ユーリ様ったら変なところで心配性ね。ハロルドは私を王妃として認めてくれただけよ。

そんな私の視線に気づいたのだろう。ユーリ様が咳払いする。

「それより、そろそろ出発しよう。サクラ太后陛下にぼたもちを届けるなら、早い方がいい」

「そうでしたわ！」

サクラ太后陛下の離宮は少し離れているもの。少しでも早く行くに越したことはないわ。

ひと足先に馬車から顔を覗かせたアイが、「ママまだぁ？」と頰を膨らませている。

「待たせてごめんなさい。さあ、出発しましょうか」

私はユーリ様の手を借りて馬車に乗り込んだ。


「……あら？」

離宮についてすぐ、私は周囲の異変に気づいた。

「ママ、おはながいっぱいあるよ！」

馬車から降りてきたアイも、見るなり声を上げる。

それもそのはず。以前はだだっ広い石畳だけが広がっていた離宮には、たくさんの花が並んでいた。細長い植木鉢がいくつもいくつも繋げられ、色とりどりの花道を作っている。

それは離宮に入ってからも同じだった。並ぶ花瓶の数が明らかに増え、前回はまったくと言っていいほど見かけなかった使用人たちの姿もちらほら。

おかげで、以前にはなかった活気が離宮を優しく包んでいた。その変化にはホートリー大神官も驚いているようで、つぶらな目をしぱしぱとまばたかせている。

「驚きましたねえ……以前はあんなに静かでしたのに」

「人がいるだけで、ここまで変わるものなんだな」

アイと手を繋ぐユーリ様が言った。その隣で、アイも嬉しそうに言う。

「これならアイ、こわくないよぉ」

「よかったわ。それなら、もうおてて離そうか？」

その言葉に、なぜかユーリ様があわてた。

「い、いや、念のためだ。手は繋いでおこう」

……って言っているけれど、どう見てもユーリ様がアイと手を繋ぎたいだけよね？

そんな気持ちが、目に表れてしまったのかもしれない。ユーリ様がふいと顔を背けた。

二回目の謁見室。中では前回同様、ゆったりとした椅子にサクラ太后陛下が腰かけていた。

けれどその顔は、心なしか前回より穏やかだ。うっすらと微笑みさえ浮かべている。

「いらっしゃい、この間ぶりね」

「ご機嫌麗しゅう存じます、サクラ太后陛下。……さあ、アイもご挨拶できるかしら？」

言ってうながすと、アイはもじもじしながら前に進み出た。

今日のアイは「おばあちゃんにあうから！」と言って、特別なお洋服を着ているのよね。

淡いピンクの平織り物《オーガンジー》を何枚も重ねたドレスはふわっふわで、その裾には桜型の花びらが何枚も縫い付けられている。髪には桜を模したヘアバンドもつけていて、まさに桜の妖精と呼ぶにふさわしい可愛さ！

私は思わずほうっと感嘆の吐息を漏らした。特注で作らせたドレスの出来栄えもさることながら、ばっちり着こなすアイの可愛さったら！

うっとりしていると、アイがおずおずと進み出た。そのままちょこんとドレスの端をつまみ、片足を引いて膝を曲げるお辞儀《カーテシー》を披露する。

「……ごきげん、うるわしゅ」

その姿は、小さいながらも立派な淑女だ。

かっ……可愛いわ〜〜〜!!

全力で拍手喝采したいのをぐっとこらえて力強くうなずく。そんな私を、アイが確認するようにちらりと見て、ほっとした顔になる。

うんうん、とっても上手だったわ、アイ！　こんなに可愛い王女他にはいないわね!!

心の中でアイを褒めちぎっていると、サクラ太后陛下がまあ、と声を上げた。

「ちょっと見ない間に、ずいぶん立派な淑女に成長しましたね」

そう言う顔もこの間よりもだいぶ穏やかだ。もしかして、アイにお会いしたことで少し元気を取り戻したのかしら？ さすが私の天使ね！

「アイが本領を発揮しただけですわ。元々とても賢い子ですもの。……そういえば、離宮がずいぶん明るくなりましたね。心なしか、以前より人も増えた気がします」

私が尋ねると、サクラ太后陛下は少し照れたように笑った。

「さすがに今までが殺風景すぎたのよ。こんな可愛らしいお客様を迎えるなら、私も何かしなければ、と思ったの」

「お気遣い深く感謝いたします。おかげでアイも楽しそうでしたわ」

「それはよかったわ。……ところで、今日はホートリーまでどうしたのかしら？」

その言葉に、後ろに控えていたホートリー大神官が進み出る。手には、しっかりぼたもちの入った箱を持っていた。

「ほっほ……。今日はアイ様が、サクラ太后陛下にお土産《みやげ》を持ってきたのですよ」

「お土産？」

私が合図すると、あらかじめ控えていた女官たちがサッと小さめのテーブルや椅子を運んできてくれる。皆で着席すると、ホートリー大神官が包みを開いた。

中から出てきたのは、ぼたもちを入れた木箱だ。この箱も、商人から手に入れたのよね。

その木箱を見たサクラ太后陛下が、ハッとしたように身を乗り出す。さらに箱の中から現れたぼたもちを見て、わなわなと震え始めた。

「まあ、これは……！ もしかして、ぼたもちではなくって……⁉」

もしかしてとは思ったけれど、やっぱり太后陛下はぼたもちを知っているみたい。

私はアイの頭を撫でた。

「アイがサクラ太后陛下に食べさせたいと言っていたので、料理人に再現してもらったんです。ねっ、アイ」

うながすと、アイはもじもじしながら言う。

「あのね、まほうみたいにすてきなおかしなんだよ」

ふふふ。魔法みたいに素敵なのは、あなたの方よ……!!

私がそう思いながらにこにこしている一方で、サクラ太后陛下は驚きすぎて声も出ないらしい。

両手で口を覆い、じっと皿に取り分けられたぼたもちを見つめている。

それからゆっくりと、そばに添えられていた細長い木の棒を手に取った。

その棒は、ぼたもちを食べるために作られた〝黒文字《くろもじ》〟と呼ばれた食器。これも片言の商人から仕入れたものなのだけれど、やはり太后陛下は既に使い方を知っているみたい。

さく、と棒がぼたもちに沈んでいく。現れた白い断面に、サクラ太后陛下が一瞬目を潤ませた。

そのまま美しい所作で、陛下がぼたもちを口に含む。

ゆっくり、ゆっくりと、一粒一粒嚙み締めるように味わい、それから――。

つ……と一筋の涙が、太后陛下の頬を伝った。

「た、太后陛下!? どうされました!?」

がたたっと私が立ち上がる。ホートリー大神官もぎょっとしていた。

まさか、まさか、ハロルドったら、何か変なものを入れていないでしょうね!?

私はあわててコップを手に取った。

「お水！　お水を飲まれますか⁉」

「大丈夫よ、ごめんなさい。……少し、思い出してしまっただけなの」

そっと涙を拭いながら、サクラ太后陛下が言った。

「ああ、なんて懐かしい味なのでしょう……。もう、何十年も忘れていた味だわ……」

私が差し出したハンカチを受け取りながら、サクラ太后陛下は嬉しそうに微笑んだ。

「甘くて、でも優しくて、懐かしい味……。園子《そのこ》ちゃんが作ってくれたぼたもちを思い出すわね……」

「ソノコ……様……ですか？」

誰かしら？　聞いたことのない名前にホートリー大神官を見たが、彼も知らなかったようで、ふるふると横を首に振っている。サクラ太后陛下は続けた。

「園子ちゃんはね、私がまだあちらにいた頃の、たったひとりの幼なじみよ。私がひどい環境でもなんとかやってこれたのは、園子ちゃんがずっと励ましてくれたからなの……」

言いながら、サクラ太后陛下の目はアイに注がれていた。

アイはサクラ太后陛下が泣き出したことにびっくりしていたが、きょときょとしながらも、太后陛下の視線をまっすぐ受け止めている。

「本当に懐かしいわ……。園子ちゃんはよくぼたもちを作ってくれたの。しかも、本当はうるち米ともち米を混ぜなきゃいけないのに、ふふっ。園子ちゃんったら、『全部もち米の方がおいしいでしょう？』って言って、頑《かたく》なにもち米だけで作っていたのよ……」

〝ウルチマイ〟。そういえば、商人が勧めてきたものの中にそれもあった気がするわ。

でもハロルドが断固として断っていたのよね。正しい作り方も大事だけれど、それよりアイの記憶の中にある、思い出の味を優先したかったのですって。

「あなたは再現したと言ったわね。このぼたもちの作り方を、どこで？」

聞かれて、私はアイのスキルのことを説明した。

「そう……。アイちゃんが作ってもらったぼたもちなのね」

それから太后陛下はしばらくじっと考え込んだ。

「……アイちゃんは、そのぼたもちを作ってくれた人の名前を覚えているかしら？」

サクラ太后陛下の質問に、アイが困ったように首を振る。

仕方ないわ。だって子供は大人に、自分から名前など聞いたりしないもの。

「エデリーン、あなたが見たという女性の、外見的特徴を覚えているかしら？」

「それ、は……」

今度は私が言いよどんだ。

きっと、サクラ太后陛下はアイにぼたもちを作ってくれた人が、ソノコ様ではないかと思っているのね。けれど、顔を覚えているといえば覚えているものの、残念ながら特徴らしい特徴を説明できそうにない。

快活そうな女性とは言えても、それ以上はなんと言ったらいいのか……。顔にものすごく特徴があれば別なのだけれど……。

私の戸惑いを感じとったのだろう。サクラ太后陛下はそれ以上深く追及してこなかった。

「……いえ、考えすぎね。もち米だけでぼたもちを作る人は、きっと他にもいるもの。ごめんなさい、今のは忘れてちょうだい」

「申し訳ありません、お役に立てなくて……」

「いいのよ。謝る必要はないわ。少し、懐かしくなってしまっただけなの」

言いながら、サクラ太后陛下はもうひとくちぼたもちを食べた。

幸せそうに目がきゅっと細められ、目尻にしわが寄る。それを見たアイが、もじもじした。

「あら、ごめんなさい。私としたことが気が利かなかったわね。どうぞ、みんなで一緒に食べましょう。年寄りには、少し多すぎるもの」

即座に私はお言葉に甘えた。黒文字でひとくちサイズに切ったぼたもちを、アイの口に運んでやる。

あーんとお口が開かれ、噛むたびにぷくぷくほっぺを膨らませながらアイが言った。

「やっぱりもちもち、おいしいねぇ」

無邪気な声に、サクラ太后陛下がふふっと笑う。

それは、桜のつぼみが開くような、やわらかで美しい笑みだった。

「ええ、本当にもちもち。それに、とっても大きいわね。園子ちゃんのぼたもちもとっても大きいのよ。『いっぱいある方が嬉しいでしょう？』って……。だから、園子ちゃんのぼたもちを食べた日は、絶対にお腹がすかないの」

私とホートリー大神官は、ぼたもちを食べながらにこにことその話を聞いていた。

「園子ちゃんは元気にしているかしら……。彼女は明るい人だから、たくさんの人を幸せにしているに違いないわ。……今の私を彼女が見たら、きっと叱られるわね」

そう語る顔は落ち着いていて、私が覚えている頃の美しいサクラ太后陛下を思い出させる。

やがて、サクラ太后陛下がアイに手招きした。

緊張した顔のアイがとててて、と駆け寄ると、サクラ太后陛下が目を細めて笑う。

「ふふ……このお洋服、入った時からずっと気になっていたのだけれど、桜をイメージして作られたのかしら？　なんて可愛らしいのでしょう。小さな桜の精ね」

褒められて、アイがぱあぁっと顔を輝かせる。それから満面の笑みでこくんとうなずく。

「アイちゃん、おいで。おばあちゃんが抱っこしてあげましょう」

ゆるやかにサクラ太后陛下の両手が広げられ、抱っこの構えがとられる。

一瞬、私はひやりとした。

ここに来た時、アイは大人が近づくだけでも震えていたんだもの。最近は見違えるほど明るくなったとはいえ、突然の抱っこは大丈夫なのかしら⁉　ここは私が、やんわりお断りを入れた方が……！

けれど、私が口を出すよりも早く、アイがたたたっとサクラ太后陛下のもとに駆け寄った。そのまま抱き上げられて、アイが太后陛下の膝に乗る。

「まあ、なんて懐っこい子なのでしょう。そして本当に可愛いわ……。思えば、子どもを抱っこするなんてずいぶん久しぶりね」

サクラ太后陛下が嬉しそうに微笑むと、それを見たアイもにこーっと笑う。その顔に、緊張はない。

……アイ、いつの間にかずいぶんたくましくなったのね……！

私は安心し、同時に感動した。

アイは、サクラ太后陛下が優しい人だということを本能的に感じ取ったのかもしれない。だとしても、ここに来た当初の姿を知っている私から見ると、今のアイの健やかさはとてもまぶしく、胸がいっぱいになる。

……そうよね。子どもは、日々成長するものね。それはきっと、私たち大人が思っているよりもずっとしなやかで、早いのかもしれない。

「アイちゃん、ありがとう。あなたがぼたもちのことを言ってくれたのでしょう？　おかげで、おばあちゃんとっても元気が出たわ」

「ほんとう？　ぼたもち、まほうだった？」

「ええ、ぼたもちは魔法よ。……それに、あなたや、エデリーンたちの優しい気持ちそのものが、きっと魔法なのね」

それから、アイを膝に抱っこしたままサクラ太后陛下が私を見る。

「エデリーン。あなたやアイちゃんにここまでしてもらって、私が何もしないでいるわけにはいきませんね」

それはどういう……？　期待に目を輝かせる私に、太后陛下はにっこりと微笑んだ。

「決めました。私はアイちゃんの聖女披露式典に、後援として参加しましょう」

「太后陛下……！」

「私がどれだけ力になれるかはわからないし、もしかしたら足を引っ張るのかもしれない。それでも、何もしないよりはいいのでしょう。私もそろそろ務めを果たさないと」

アイと同じ色の黒い瞳は、静かに、強く、輝いていた。

そこにはまぎれもない、往年の聖女サクラが、しゃんと背筋を伸ばして座っている。

「ありがとうございます！」

「いいのよ、お礼を言うのはこちらだわ。私は前陛下の……夫のことに、囚《とら》われすぎていたのよ。

彼以外にも私を大事にしてくれた人はたくさんいたのに、そのことをすっかり忘れてしまっていたわね……」

さみしそうに笑う太后陛下に、ホートリー大神官が微笑む。

「誰しも、時には道に迷いますでしょう。ふたたび笑える日が来れば、それでよいのです。サクラ太后陛下が元気になられるのを、待ち望んでいた人はたくさんいらっしゃるのですから」

「ホートリー……。お前にも、ずいぶん長い間苦労をかけましたね。報いるためにも、私はもう少し頑張ろうと思うわ」

「ええ、ええ。それでこそサクラ太后陛下ですよ」

ふたりはやわらかに見つめ合って微笑んでいる。

……。

……。

……あら？　このふたり、なんというか、ちょっといい雰囲気じゃなくて……？

一瞬そんなことを思ったが、私はすぐにその考えを打ち消した。

だ、だめよ。そういう、繊細で個人的な部分を憶測で勝手に決めちゃ……でも気になる。

私が目を皿にしてサクラ太后陛下と大神官を見つめている前で、膝に座ったままのアイがのんびりと言った。

「ママ、へーカは？　へーカ、ぼたもちたべなくていいのかなぁ？」

「あっ」

私は声を上げげた。つい、ゆったりぼたもちティータイムを過ごしていたけれど、ユーリ様は控え室でずっと待っているのよね。ひとりぼっちのまま待たせるのもかわいそうだし、そろそろ切り上げるべきかしら……。

私が悩んでいると、サクラ太后陛下が言った。

「……ユーリが、来ているのかしら？」

「あの、……はい、実は。現在控え室で待ってもらっていますわ」

私の声が小さくなる。

どうもユーリ様は前国王に外見がよく似ているらしく、それもあってサクラ太后陛下は顔を見たくないみたいなの。やっぱり色々、つらいことを思い出してしまうからかしら……。

考えていると、サクラ太后陛下はしばらく悩んでから決意したように顔を上げた。

「……なら、呼んできてもらえるかしら。彼だけ仲間外れも、大人げないわね」

その言葉に、私とホートリー大神官が驚いて顔を見合わせる。すぐにユーリ様が部屋の中に招かれ、珍しく緊張した顔で彼がうやうやしく首《こうべ》を垂れる。

「……ご無沙汰しております、サクラ太后陛下」

「久しぶりですね、ユーリ」

しばしの沈黙。

私とホートリー大神官は固唾を呑んで見守っていた。隣に戻ってきたアイだけが、ひとりもっちゃもっちゃとぼたもちを食べている。

ふぅ、とサクラ太后陛下が息をつく。

「……こうして見ると、あなたは本当にあの人に似ているわね。でも、目だけは全然違う」

「そう、でしょうか。私は父の顔をほとんど覚えておりません。数えるぐらいしか会ったことがないので」

ユーリ様の言葉に、サクラ太后陛下の目がかすかに見開かれた。

「……そう。そうよね。あなたも、色々大変だったものね。それなのに、私は自分のことばかりで……本当にごめんなさい」

「っ……！　いえ、サクラ太后陛下が謝るようなことでは」

驚いて顔を上げたユーリ様に、サクラ太后陛下が首を振る。

「いいのよ。私はあなたに……罪もない子に、ひどい態度をとってしまったもの。それに私が聖女の力を失ってから、あちこちを駆けずりまわって国を守ってくれたのは、他でもないあなただったのでしょう？」

サクラ太后陛下が言っているのは、ユーリ様が所属していた騎士団だ。

聖女である太后陛下が力を失うと同時に増えた魔物の討伐に、誰よりも多く立ち向かったのが、ユーリ様が副隊長を務める第三騎士団だった。

「当然のことをしたまでです。生まれ育った国を守りたい気持ちは、皆同じですから」

ユーリ様の生真面目な返事に、サクラ太后陛下がふっと笑う。

「それは簡単なように見えて、とても難しいことなのよ。息子たちに爪の垢《あか》を煎じて飲ませたいわ。……ユーリ、本当に立派になりましたね。苦しい環境でも歪まずに育ったのは、きっとあなたのお母様がとても大事に育ててくれたからなのでしょう」

それから、サクラ太后陛下がすっと背筋を伸ばした。

「ユーリ、いいえ、ユーリ国王陛下。これからは、皆で協力して聖女アイやこの国を支えていけたら、と思っているの。私もその一員に、加えてもらえるかしら？」

その言葉に、ユーリ様が深々と頭を下げる。

「もちろんです。サクラ太后陛下」

それを、私とホートリー大神官がほっと胸を撫でおろしながら見ていた。

長年凍りついていたサクラ太后陛下の心が、今ようやく日の下に解き放たれようとしている。

私は大神官とうなずき合ってから、アイの方を向いた。見るとアイは、自分がどんなすごいことをやってのけたのか無自覚のまま、うつらうつらとし始めている。

ふふっ。ぼたもちをお腹いっぱい食べて、眠くなってきちゃったのね。

椅子から転げ落ちないよう膝の上に抱っこすると、アイは私の胸にもぞ……と顔をうずめてから、本格的に寝息をたて始めた。

気づいたサクラ太后陛下が、あら、と声を上げる。

「少し話が長すぎたようね。この状態で馬車に乗せるのもかわいそうだし、今日は泊まっていきなさい。せっかくだもの、皆で夕食を食べましょう。ユーリ、もちろんあなたもよ」

名指しされて、ユーリ様は少しだけ驚いたようだった。

「……私がいては、迷惑ではないのですか？」

「先ほども言ったでしょう。私もその一員に加えて、と。それはアイちゃんのことだけではないわ。ユーリ、私はあなたとも、新たな関係を築いていきたいと思っているのよ。……それとも、私と仲良くするのはやっぱり嫌かしら？」

ちら、とサクラ太后陛下が顔色をうかがうようにユーリ様を見る。口調はややつんけんしていたが、顔にはかすかな照れが覗いていた。

ユーリ様は初め目を丸くし、それから、ふ、と微笑んだ。

「いいえ。ぜひ、私も同席させてください」

――それは、サクラ太后陛下と、それからユーリ様にとっても、長い長い冬が終わった合図だった。

彼らもまた、血の繋がらない親子。それを取り持ったのは、すやすやと寝息をたてて眠る、小さく愛らしい桜の妖精だった。

❖

「ママ！　きょうはここでおとまりするの⁉」

時刻は夜。既に蠟燭《ろうそく》の火も消されているというのに、寝巻き姿で元気いっぱいのアイが、おめめをきらきら輝かせながらベッドの上でぼすんぼすんと跳ねている。

「ええ、そうよ。今日はサクラ太后陛下のおうちにお泊まりよ」

私がそう言う間も、アイはふんすふんすと一生懸命飛び跳ねている。……たっぷりお昼寝した上にいつもと環境が変わっているせいで、すっかり興奮してしまったのだ。

今日の寝かしつけは、長丁場になりそうね……。

私が長期戦の覚悟を決めていると、突然部屋の扉がガチャリと開いた。

こんな時間に誰⁉　と警戒をあらわにしたところで、入ってきたのがユーリ様だと気づいて驚く。

そしてそれは、向こうも同じだったらしい。

燭台を持ち、明らかに狼狽《ろうばい》したユーリ様が声を上げる。

「エデリーン⁉　なぜ君がここに⁉」

「それは私の台詞《せりふ》ですわ！　なぜ私たちの寝室に？」

「私たち……？　私の寝室に案内してくれと言ったらこの部屋に……」

それから私たちは、「あ」と同時につぶやいた。

「……そういえば、サクラ太后陛下は知りませんものね。その……」

――私たちが、未だに白い結婚であるということを。

ほのめかすと、ユーリ様の顔がたちまち朱に染まった。

「そ、そう、だな……。きっと太后陛下は何もおかしなことだとは思っていないのだろう」

「え、ええ、サクラ太后陛下は何も悪くありません……」

そのまま流れる、しばしの沈黙。

「……ママ、へーカ。ねんね、しないの？」

いつの間にか飛び跳ねるのをやめていたアイが、じっと私たちを見ていた。

「ねっ！　ねねね、ねんねよね！　そう、ねんね……！」

私はうつむいて、それからチラッ……とユーリ様を見上げた。

考えてみれば、前の私たちと違って、今の私たちがわざわざ寝室を分ける理由もない。

アイもいるからユーリ様も変なことはしてこないだろうし……いえ、ちょっとぐらい変なことしてきたとしても、夫婦だから別におかしなことではないのかしら？　ああでも、そういう場合ってどうすればいいの⁉　アイがいるからやはり部屋を移動するべきよね⁉

私がぐるぐる考えていると、おほん、とわざとらしくユーリ様が咳払いした。

「そ、その……。このベッドは三人で寝るには少し狭いから、私は違う部屋に行こう」

その言葉に、アイがじっとベッドを見た。

サクラ太后陛下が用意してくれたベッドはとても大きく、三人どころか五人くらい横になってもなんとかなりそうなサイズだ。

「……その！　私は寝相が悪いから君たちを蹴落としてしまうかもしれない！」

苦しい言い訳だと悟ったユーリ様がさらに言ったが、アイの目はじとっとしていた。

「……ふぅーん」

気のせいかしら？　アイ、なんとなく不満そう……？

けれど私が首をかしげている間に、ユーリ様は「それじゃ‼」と言って、逃げるように部屋を出ていってしまった。

◇◇現代・園子◇◇

「――まったく、おまえは心配しすぎなんだよ。あたしゃ確かに足は悪いけれど、それ以外はぴんしゃんしてるんだよ」

息子の手を借りてタクシーを降りながら、あたしはぼやいた。

息子たちの住まう町は、ひとりで住んでいたところよりずいぶんとあたたかい。冬の朝だというのに、吐く息が白くならないんだからね。

「そうは言ったって、母さんだってもういい年なんだ。離れて暮らすよりは一緒に住んだ方がいいって。それに、こんな親孝行な息子もそういないだろ?」

そう言って得意げに親指を立てる息子の背中を、ばしっと叩く。

「いてっ!」

「なーにが親孝行な息子だ。連日説得にやってきたのは、ずっと夏美《なつみ》さんだったのを忘れたのかい?聞けば、あたしとの同居を言い出したのも夏美さんだそうじゃないか。まったく、バカ息子によくあんなできた娘《こ》が嫁さんに来てくれたもんだよ」

「バカ息子はひどいな! これでも俺、大企業でトップ営業として頑張ってるんだぜ?」

あたしはもう一度バシッと息子の背中を叩いた。隣では、出迎えに出てきた嫁の夏美さんがくすくすと笑いながら見ている。

「ばかもの。その間家を支えてくれたのは誰やと思ってるんね? あんたの服や靴下を洗ってくれたのは? 坊主たちを〝わんおぺ〟で育て上げたのは? 自分だけの力だと思ったら、大間違いじゃい」

「ふふっ。お義母《かあ》さん、もっとこの人に言ってやってください」

「おうおう、まかしんしゃい。バカ息子の尻は、かあちゃんが拭ってやらんとな」

「おい待て。世間では嫁と姑《しゅうとめ》っていうのは仲が悪いのが定石じゃなかったのか。同盟を組むなんて聞いてないぞ!」

あたしと夏美さんはカラカラ笑った。

「そんなの時代遅れさ。ナウでヤングな最先端は、みんな仲良しなんじゃ」

「母さん」その言葉が絶妙に時代遅れだよ……」

げんなりとする息子の後ろには、彼らが住み、そしてあたしがこれから住む一軒家が見えていた。

以前住んでいたボロアパートとは比べるまでもなく、ぴかぴかの新築だ。

「お？　どうだ。俺たちのマイホーム、立派なもんだろ？」

「そうさねえ……。本当に、立派なもんだよ」

言いながら、あたしは全然別のことを思い出していた。

――以前住んでいたボロアパートにいた、小さな少女だ。

その子は、いつもぼろぼろの服を着て、いつも体にあざを作り、そしていつもお腹をすかせていた。風呂にも入れてもらえなかったようで常に汚れていたけれど、つぶらな黒い瞳だけはずっとキラキラ光る、利発で可愛らしい子だった。

「あの子は元気にしとるんかねぇ……」

つぶやきが、冬の寒空に吸い込まれていく。

あの子を助けたくて、あたしは児童相談所に電話したんだ。その後何度か役所の人が来ていたんだが、その矢先に、あの家族は丸ごと姿を消した。多分、夜逃げだろう。

あと一歩のところで、あの子を救えなかった。

それはちくりと、胸に刺さったトゲのようにずっと残っている。

……残っているといえば、もうひとり。

あたしには昔、桜《さくら》ちゃんという友達がいた。とっても優しくてとってても可愛い子で、桜ちゃんはあたしの一番の友達だった。ひどい母ちゃんと父ちゃんを持ったせいでいっつも苦労していたけれど、それでも常に人を気遣える、優しい子だった。

そんな桜ちゃんは、高校卒業を間近に控えた矢先、こつぜんと姿を消した。

すぐさま町の皆で探し回ったが、靴ひとつ、持ち物ひとつ出てこない。

ちょうどその頃、桜ちゃんの就職先に両親が怒鳴り込んでえらい揉めていたから、町のみんなは、その勢いで桜ちゃんを手にかけたんじゃないのかって、疑惑の眼《め》を向けていた。

……でも本当はね。あたし、見ちゃったんだよ。

いつも気丈な桜ちゃんが、その日、遮断機の下りた線路の中に立っているのを。

瞬時にすべてを悟ったあたしは、死ぬ気で走った。もう、電車が見えていたからね。

でも、あたしがどんなに走っても間に合わないこともわかっていた。

神様助けて！　って思った次の瞬間だったよ。桜ちゃんの後ろに光り輝く白い渦が現れて、そのまま吸い込まれていったのは。


驚きに満ちた、美しい顔《かんばせ》。それがあたしが最後に見た桜ちゃんの姿だった。


間髪容《い》れずに、ゴッと音を立てて通り過ぎる電車。

あわてて風に煽られた前髪をかき分けてみれば、そこに桜ちゃんの姿はなかった。

靴ひとつ、髪の毛一本、残っちゃいなかった。

……あたしは、そのことを誰にも言えなかった。いや、言わなかった。

桜ちゃんの母ちゃんと父ちゃんが、町の人や警察に詰め寄られている時も何も言わなかった。

誰からも相手にしてもらえなくなった彼らが、毎日こそこそと隠れるように生きているのを目にしても、何も言わなかった。

やがて彼らが孤独のうちに亡くなり無縁仏となっても、やっぱり何も言わなかった。

あの人たちに良心があるのかは知らないが、あの世でも苦しめばいいと思ったんだ。桜ちゃんを搾取し、苦しませ続けた奴に慈悲を与えるほど、あたしはお人よしじゃないのさ。

桜ちゃんを包んだ輝くような白い光は、きっと神隠しの光だ。神さんなんか信じちゃいなかったが、それからは欠かさず近くの神社にお参りするようになった。

神さん、どうか桜ちゃんをよろしくお願いします、って。

あたしは熱心に何度も何度も祈った。

だって、人生は長い。向こうで桜ちゃんがどうしているかは知らないが、幸せなことばかりではないだろう。あたしだって色々あった。

愛人を作って出ていった元旦那に激怒し、自分のふがいなさに唇を噛み、悲しさと悔しさにむせび泣く。生きてりゃそんな日もあるだろう。もしかしたら長く続くかもしれない。

それでもあたしは、桜ちゃんに生きていてほしいと思っている。

これはあたしの〝えごいずむ〟ってやつなんだけどさ、好きな人には生きていてほしいんだよ。

生きていれば、もしかしたらいいことがあるかもしれないじゃないか。

そしていつか、もう一度あの素敵な笑顔で笑ってほしいんだ。あたしは、人生にそれくらいの希望を持っていたいんだよ。

「おばあちゃん、今日からずっと一緒なの⁉ じゃあいっぱい遊んでくれる⁉」

「ねえ、ばあばぁ。ぼたもち作ってよぉ。ぼく、ぼたもち食べたいのぉ」

孫の坊主たちが、じゃれつくように腰にまとわりつく。飛び跳ねる様はころころとして、まるで子犬のようだ。

目の前の、ひたすら愛されて育った幸福な子どもたちの目に、怯えや疑心はない。

この子たちはきっとぶたれる痛みも、腹をすかせるひもじさも知らないのだろう。

だが、それでいい。たくさん愛されて、挫折や痛みを経験しながら大人になって、そして今度は誰かを愛する側に回れれば、それで十分なのさ。

「はいはい。作るなら材料を買ってこんとね。でもまずはばあばにひと休みさせておくれ」

言いながら、やわらかな髪に指を絡ませる。上は五歳、ちょうどあの子と同じぐらいだ。

……あの子も、どこかで元気にしておればええのになあ……。

そう思った次の瞬間、びゅうっと突風が吹いた。


『――やっぱりもちもち、おいしいねえ』


あたしは目を見開いた。

空耳にしては、やけにはっきりとした声。頭はしゃんとしているつもりだが、もしかしてもうぼけが始まってしまったのかい？

「さむーい！」

「風邪引くぞー！　みんな早く家に入れぇー！」

父親の声に、坊主たちが転がるようにしてあたたかい家の中に逃げていく。そのちんまい姿を見ながら、あたしは最後にもう一度空を見上げた。

真冬の中、あるはずもない桜の花びらが、ふわりとあたしの手の平に舞い降りてくる。

……桜ちゃん。もしかして、あのお嬢ちゃんは、桜ちゃんのところにいるのかい……？

あたしはぎゅっと手を握った。夢でもぼけでもなんでもいい。

ただあの子たちが幸せになっていれば、それでいいと思った。

第四章　アネモネ、登場

◇◇？？？・？？？◇◇

——ずるり、べちゃっ、ずるり。

重い体を引きずって、我は冷たい石床の上を這う。

それから宙に浮かぶ、淡く白い光を放つ鏡に向かってビュッと手を振った。

飛び散った粘液が壁や床を焼くシュウシュウという音を立てるが、鏡はまったく変わらぬ姿のまま宙に浮かんでいる。

ええい、腹立たしい！

カッとなった我は、手当たり次第暴れた。強酸性の粘液をあちこちに振りまきながら、ドォォン、ドォォンと巨体が城の広間を揺らす。

けれど鋭く尖《とが》った爪でひっかこうとも、太く重い尾で殴りつけようとも、鏡には泥ひとつつくことはない。ただひたすら汚れを知らぬ聖女のように、すました顔で鎮座している。

「主様《あるじ》。あまり暴れると、お体に毒です」

我がはぁはぁと肩で息をしていると、いつの間に現れたのか、そばにアイビーが現れた。

最近、何をどう気に入ったのか、アイビーは若い人間の男の姿をしていることが多い。黒い髪に紫の目。全身を包む黒い服は……こやつ、執事ごっこでもしたいのか？

我のじっとりした視線にもアイビーは一切動じない。仮面を貼りつけたような無表情のまま、ただ紫の目だけがじっと我を見つめてくる。……気味の悪い奴だ。

我はますますイライラした。

ここのところ、ただでさえちび聖女の輝きが増して目障りだというのに、あろうことか、長らく力を失っていた聖女まで、ふたたび光を発するようになってしまったのだ。

奴らの輝きは、そのまま我の苛立《いらだ》ちに繋がった。

我は絶望を食らって強大になる。魔物どもが人間界になだれ込み、各地で絶望を振りまくことで、我の荒れ狂った心はようやく鎮まるのだ。

それなのに、長らく続いたほの暗い我の安寧を、奴らは壊そうとしていた。

そんなことは、させてなるものか。

「――おい、アネモネ！　アネモネはおらぬのか！」

我が叫ぶと、冷えた空間にちりん、と鈴の音が響いた。

スッと、影から音もなく現れたのは、一匹の小さな黒猫。

滑らかな体毛はつやつやと黒光りし、ぽっかりと浮かんだ瞳は金色。闇夜に輝く月のような目をした黒猫は、にゃあと高い声で鳴いた。

「アネモネ、おまえに聖女の始末を命じる」

我の声に、アネモネの目が三日月のように細まった。ニィィッと裂かれた口から、可愛い外見には似つかわしくない醜悪な牙が覗く。鈴が鳴るような高い声でアネモネは答えた。

「聖女はどちらですかぁ？　ちびな方？　それとも大きい方？」

「無論、ちびの方だ」

蘇った大人の聖女も厄介だが、それよりも新しい幼い聖女の方が数倍厄介だった。

まだ成長途中であるにもかかわらず、既に今まで見てきた聖女の誰より光が強い。これ以上成長する前に、危険な芽は摘まなければ。

我の答えに、アネモネがくつくつと笑う。

「そりゃあいいですねぇ。一度、人間が崇める聖女とやらを食べてみたかったんですぅ。しかも、ちびは肉がうまいと聞きますから。……もちろん、食べても構わないですよね？」

「この世から消せるのなら、手段は問わん」

それを聞くと、アネモネはまたニヤァッと笑った。かと思うと、瞬きする間もなく一瞬で姿を消す。

我はふぅ、と息をついた。

これで、あとは奴がやってくれるはずだ。そしてまた安寧が訪れたら、その時こそ我は力を蓄え、我を捨てた世界に復讐《ふくしゅう》ができる――。

そこまで考えて、我はふと鏡の方を見た。心の余裕が出たからだろう。今ならあの鏡も怖くない。

ずるり、べちゃっ、ずるり。

重い体を引きずって、鏡を覗く。

淡い光の中に、聖女がふたり。ちび聖女が大人の聖女の膝に座って、大きく口を開けていた。まるでヒナに餌付けするように、大人の聖女が棒に刺した黒い何かを食べさせている。

……あれは一体なんだ？

我はぐっと顔を鏡に近づけた。その勢いでびちゃっと粘液が飛んだが、紫の液体は鏡面に触れる前にシュウッと消える。鏡の発する聖なる光で浄化されたのだ。

我も顔を火傷しないギリギリの距離を保ちながら、食い入るように鏡を見つめる。

小さな棒に刺さっているのは、白い何かを黒い何かで包んだ謎の食べ物だ。こんなものは見たことがない。黒い部分は不可思議すぎて、ちっともおいしそうに見えない。

だというのに、それを口に入れたちび聖女は、このうえなく幸せそうな顔をしていた。もにもにとほっぺが膨らんで、そのほっぺをつつかれては笑っている。

おまけにけらけらと笑った拍子に口の中身がこぼれて、それを大人の聖女がハンカチで優しく拭っていた。

……ぐぅ、とまたもや腹が鳴る。

我は眉間にしわを寄せた。

……あんな風に、ちょっと食べるだけで幸せになれるものは一体なんなのだ……？　あの黒いのは、どんな味をしているというのだ……？

「主様」

そばで見ていたアイビーが我を呼ぶ。

「それ以上近づくと、お顔を火傷いたしますよ」

ハッとして、我はあわてて鏡から離れた。

◇◇王妃・エデリーン◇◇

サクラ太后陛下の式典参加が決まったことで、王宮の中はにわかに活気づいていた。遅れていた分を取り戻そうと、急速に準備が進められていく。

アイはもちろんのこと、ユーリ様や私も衣装を用意しなければいけないため、私たちは連日引っ張りだこだった。その忙しさは、アイの可愛らしい姿を絵に残す暇もないほど。

そんな中でようやく一息つけたのは、サクラ太后陛下がお茶に誘ってくれた時だった。

その日、私たちは庭でこぢんまりとしたお茶会を開いていた。収穫祭を控えた秋のうららかな日の下、白い丸テーブルに載るのは大きな白いお皿。そこには葉っぱを巻かれた、ピンクの丸いお菓子が鎮座している。

「わぁっ！　これ、ぴんくいろのぼたもちだねぇ～」

アイが小さなおててで、葉っぱに包まれたピンク色のぼたもちを嬉しそうに掲げる。

「ふふっ、それはよく似ているけれど、〝桜餅〟というのよ」

「さくらもち？」

穏やかに笑うサクラ太后陛下の隣では、珍しく紳士らしく……いや、騎士らしくというべきかしら？　ぴしっと背を伸ばしたハロルドが「ふふん」と言いたげな顔で立っていた。

実は先日、サクラ太后陛下に「ぼたもちを作った料理人を紹介してほしい」と言われてハロルドを引き合わせたのよ。この様子からして彼は、サクラ太后陛下の願いをかなえたみたいね。

私は桜餅の葉っぱをめくり、アイに差し出した。すぐさま小さなお口がはむっとかぶりつく。小さな歯形の残る桜餅の中から、ぼたもちの表面を覆っていたあんこが覗いた。

へえ、桜餅は中にあんこが入って、ちょうどぼたもちとは逆なのね！ それに、綺麗なピンク色で見た目も楽しいわ。

「これもおいしー～ねえ。アイ、あんこすきだよ」

ぷっくりとリスのようにほっぺを膨らませながら、アイは言った。

本当ならほっぺに食べ物を詰め込んではいけません、と教えなければいけないのだけれど……あっ、私には荷が重いわ！ だって可愛すぎるんだもの！

淑女教育は、もう少し大人のレディになってからにしようと密かに決める。今は思い切り食べることを楽しんでほしいわ。

アイのほっぺについたあんこを拭いながら、私もひとくち食べる。葉っぱを巻いていたからかしら？ ぼたもちとは違う、少し塩気も感じるさっぱりとした甘さに頬が緩んだ。

「本当においしいですわ。これも、サクラ太后陛下の故郷のお味なんですのね」

「そうね。あちらとまったく同じ……というわけにはいかないけれど、こちらの世界にも小豆やもち米があって本当に助かったわ」

そう言ってサクラ太后陛下は嬉しそうに微笑んだ。

うんうん、食べ物は生きていくために日々欠かせないもの。少しでも心満たすものを食べて、毎日楽しく生きられるならそれが最高よね。

「ねえ、なべのおじちゃん、このはっぱなあに？」

アイが、桜餅を巻いていた葉っぱを掲げた。ここぞとばかりにハロルドが身を乗り出す。

「それは桜の葉っぱを塩漬けにしたものだ。それを巻くと桜の香りが移るし長持ちする。あと俺はなべじゃねぇしおじちゃんでもねぇ」

「さくらのかおり？」

アイが言ったその時だった。

ひゅうっと風が吹いて、持っていた葉っぱが飛ばされる。

「あっ！　アイのはっぱ！」

ぴょこんとアイが椅子から飛び降りて、あわてて葉っぱを追いかけていく。かと思うと、あっという間に生け垣の向こうへ姿を消した。

この庭は生け垣で区切られていて、後ろは違う庭園に繋がっているのよ。アイはまだ体が小さいから、生け垣の隙間をするりと通り抜けてしまったみたい。

護衛騎士である双子騎士のオリバーとジェームズが、あわててその後を追いかける。が、生け垣の隙間は彼らには小さすぎたようだ。

「まわれ！　まわれ！」

「あっちならこの裏側に通じている！」

あわてて方向を変えた彼らを、私はハラハラしながら見ていた。王宮内は安全とはいえ、あんな小さな子を見失うのはやはり怖いものがある。

私だったら女だから体も小さいし、隙間からアイの安全だけでも確認できないかしら？

そう思って私が立ち上がった瞬間だった。

「わぁぁぁっ！」

生け垣の向こうから、小さな叫び声が上がる。——まぎれもなく、アイの声だ。

私は血相を変えて走り出した。それから生け垣に、無理矢理体をねじ込む。バキバキとかビリビリとか不穏な音が聞こえるけれど、そんなことを気にしている余裕はないわ！

「アイ!!」

転げるようにして生け垣の間を抜けると、私はがばっと顔を上げた。心臓がドクドクと鳴っている。

そんな私の前に広がっていたのは——仰向けに寝転がり、まるまるころんとした小さな黒猫に踏みつけられたアイの姿だった。

「ねこちゃんやめて！　くすぐったいよう！」

きゃはきゃはと、アイが笑いながら言う。

「アイ！　大丈夫!?」

私はあわてて駆け寄った。

私に気づいた猫が、くるんと後ろに宙がえりして軽やかに着地する。金の瞳がキラキラと光る、愛らしい黒猫だった。

「はっぱをさがしてたらね、ねこちゃんがとつぜんじゃんぷしてきたの」

抱き起こされたアイは、まだけたけたと笑っている。よっぽど面白かったらしい。

そんなアイとは正反対に、私は警戒しながら黒猫を見た。

黒色は、人間であれば王族や聖女など、高貴な色として浸透している。けれど同時に、魔物を象徴する色でもあった。マキウス王国、いいえ、大陸に現れる魔物のほとんどが、黒い色をしているのよ。

高貴であり、畏怖の対象。それがマキウス王国にとっての黒色だった。

最近はアイのおかげで魔物の数は激減していて、特に王都付近ではまったく見かけなくなったとはいえ、油断は禁物だわ。

私が品定めするようにじっと見つめる前で、黒猫は人懐っこそうに鳴き声を上げた。

「みゃ～お」

「ねこちゃんおいでぇ」

アイが嬉しそうに両手を広げる。なおも警戒して見つめる私を前に、黒猫は軽やかな足取りでテトテトと近づいてくる。それからアイの小さなおててに、すり、と顔をこすりつけた。……うん、懐っこいわね。

「ねこちゃん、かわい～！」

嬉しくなったアイが、ガシッと両手で猫を摑みにいく。あっ危ないわ！

「アイ、猫ちゃんは優しく触ってねっ！」

私はあわてて駆け寄った。本当にただの猫であっても、突然摑まれたら動物だってびっくりしちゃう。万が一アイが引っかかれでもしたら……！

けれど私の心配をよそに、黒猫は迷惑そうに目を細めただけだった。それどころかくてっと体の力を抜いて、その場に寝転がってしまったのだ。まるで撫でろと言わんばかりの無警戒っぷりに、私は目を丸くする。

「あれえ？　ねこちゃんねんねするの？」

「これは……もしかして撫でてほしいのかしら？　一緒に撫でてみよっか？」

「うん！」

「お腹は嫌がるかもしれないから、こうやって、背中を優しく撫でるのよ」

言いながら、私はアイにお手本を見せた。寝転がっている黒猫の背中を撫でると、まんざらでもなさそうな顔で猫がついと鼻先を上げる。

次に私が見守る中、アイが小さなおててをそぉーっと伸ばして、ぽふぽふと猫の背中を叩くようにして撫でた。猫はふんふんとアイの匂いを嗅いで、またふいっと顔を戻す。

それは「うむ、苦しゅうない」と言っているようにも見えて、私はくすっと笑った。

「そうそう、上手よ。猫ちゃんを触る時は優しく、やさーしくね」

私とアイが撫でているうちに、黒猫がゴロゴロと喉を鳴らし始めた。その様子はとても自然で、怪しいところは全然ない。私は改めて黒猫をじっと見た。

懐っこいし、毛並みはつやつやでよく手入れされているし……首輪はないけれど、もしかしたらどこかで飼われていた猫かもしれないわね。周辺で捜している人はいないか聞き込みはするとして……ただの、人懐っこい猫なのかしら？

そもそも、王都は今アイに加え、聖女の力を取り戻したサクラ太后陛下の守護能力も発揮されている。力の弱い魔物なら触れただけで浄化されると聞いたことがあるもの。人間に懐っこい魔物というのも聞いたことがないし……私の心配のしすぎかもしれないわね。

「きゃはは！　くすぐったあい」

見れば、黒猫がアイのおててをそりそりと舐めていた。ざらざらの舌に、アイが笑い転げる。

その光景は思わず物騒なことを全部忘れてしまうほど、ほのぼのとして可愛らしい。

……うん、子どもと猫の組み合わせ、最高ね!!　今すぐ絵筆が欲しい!!

だからアイがこう言い出した時も、私はちっとも驚かなかった。

「ねえママ、このねこちゃん、おうちにつれてってもいい？」

だらーんと縦に伸びた黒猫を引きずるようにして抱えながら、アイがうるうると上目遣いで私を見上げてくる。

待って待って待って？　そんな可愛いお願いの仕方、どこで覚えたの⁉　私は教えた覚えないわよ……⁉　くぅっ、可愛い……！

たら……と鼻の方でよからぬ気配がする。私はあわててハンカチで鼻を押さえた。予備のハンカチ、あったかしら？　この勢いだとすぐに鼻血が染みてきてしまうわ……！

「そうね。飼い主を捜して、もし見つからなかったら、その時は飼いましょうか。でも、飼い主が見つかったらちゃんと返しましょうね？」

本当はもう少し大きくなってから犬を飼うのもいいかな、と思ったのだけれど、これも何かのご縁かもしれない。我が家でも小さい頃にふわふわの猫を飼っていたことがあるのだけれど、ずっと私の良き友であったもの。

かつて一緒に暮らした老猫のことを思い出して、私は懐かしくなった。我が家にいた猫はもっと気性が激しくて私は何度も引っかかれたけれど、それでもあの子と過ごした毎日はかけがえのない日々だった。

「やったあああ！」

アイがぴょんぴょんと跳ねて喜ぶ。その拍子に、抱えていた猫がずるりと滑り落ちた。

「わっとと……」

あわてて抱え直したアイが、キラキラとした目で私を見た。

「アイね、アイねえ、もう、ねこちゃんのなまえきめたの！」

「まあ、もう？　早いわね。どんな名前なの？」

「あのねっ、あのねっ」

アイの目がきらりと光る。

「しゃいにーみるきぃあくあはっぴーさにーぶろっさむまじかるりーちぇしょこらってなまえにするの！」

——うん。なんか、思っていたよりだいぶ長いわね。

私はニコッ……と微笑んだ。

「……ごめん、もう一度言ってもらえる？」

私が申し訳なさそうに尋ねると、アイがすうっ！　と胸いっぱい息を吸い込んだ。

……そんなに長い息、必要になる？

「あのね！　しゃいにーきゅあみるきぃはっぴーみゅーずふぉーちゅーんぶろっさむまじかるあくあふろーらさにーりーちぇしょこら！」

えっと、気のせいかしら……順番変わっていない？　というより、さっきよりちょっと伸びているわよね？　何かしらこの呪文。聖女だけ使える魔法とかなの？

試しに私はそっとアイの肩に触れてみたけれど、うんともすんとも反応はない。

新しいスキルが宿ったわけでは……なさそうね。

「えっと……全部覚えられないから、もうちょっとだけ短くしてくれないかしら？ できればこう、単語ひとつぐらいにしてもらえると嬉しいわ」

「んーと……じゃあ、しょこら？」

「うんうん、とっても素敵な名前ね！ それでいきましょう！」

よかった。ちゃんと短い名前になってくれた！ それに意味を知ってか知らずか、〝ショコラ〟なんて、とってもおしゃれな名前じゃない。黒猫ちゃんにぴったりだわ。

……って危ない危ない、まだ飼い主を捜してみないといけないのに、気づけば私もすっかり黒猫を飼う気になっているわ。まずは飼い主がいないかしっかり確認しないと！

意気込みながら、私は黒猫を抱えたアイと一緒にサクラ太后陛下のところに戻った。

◇◇黒猫アネモネ（ショコラ）◇◇

フッフッフッ。ほーんと、人間ってちょろいわねぇ……。

人間どもが寝静まった深夜二時。すらっとした黒猫、もとい、あたいはむっくりと起き上がった。

かすかに開いたカーテンの隙間から、細い月の光が差し込んでいる。それは寝ているちびな聖女と、それから母親役の女の顔を照らしていた。

ふたりとも、ぐっすり寝ている。その穏やかな寝顔は、昼間拾った猫が実は魔物だなんて、夢にも思ってもいない。……まあ実際には、ちょっとだけ怪しまれていたみたいなんだけれど、そこはあたいの演技力で〝ただの人懐っこい猫〟だと思わせたってわけ。

でもおあいにくさま。ショコラなんていかにも人間が好きそうな名前をつけられたけれど、何を隠そう、あたいは主様のしもべであり、上位魔物のひとりであるアネモネ様よ。

そりゃあね？　あたいがこの国に踏み入れた時、確かにぴりっとした聖女の力を感じたわよ？　でも、それが通用するのはそれなりの魔族まで。あたいのような上位魔族にはぜーんぜん効果なんてない。人間なんて、自分たちの都合のいい思い込みで生きている動物。騙すのは簡単だったわ。

あたいはニヤッと笑った。

目標を見つけてすぐ襲うのは、三流の仕事。あたいは一流の魔族だから、じっくり、ゆっくり、確実に仕留められるチャンスを狙うのよ。その方が労力も少ないし、何より人間どもの絶望する顔を拝めるんだから！

あたいはぺろりと口を舐めた。相変わらず目の前では、ふたりがぐっすりと眠っている。

よしよし、あたいは慎重派だから、手柄も欲張らないわ。大人の方は放っておいて、目当てのおちびをぱくっと一飲みするだけでいい。そうすれば簡単に任務完了よ。

舌なめずりすると、暗闇の中であたいの体はみるみる膨らんだ。

小さな黒猫から、馬ほどの大きさの獅子《しし》に。翼があり、尾には蛇もいるこの形こそ、あたいの本当の姿ってわけ。

真の姿に戻ったあたいは、カパッと巨大な口を開けた。太い牙が月の光に照らされてぎらりと輝く。ああ、早く、早くこのやわらかそうなちび聖女をあたいのお腹に……！

——その時、シューッと鋭い音がして、あたいは動きを止めた。

……先ほどの音はなじみがある。尾の蛇が上げる警告音だ。

何事？　と顔を上げたあたいが見たのは——ゆらりと立ち上がった、女の姿だった。

⁉　なっ、なんで⁉　この女、さっきまでぐっすり寝ていた女よね⁉

あたいは珍しく、警戒して一歩下がった。

だって、音も気配もなく突然起き上がっていたのよ⁉　このあたいの目の前で！　一体どういうことなの⁉

見れば女は、騒ぐでも攻撃するわけでもなく、ただ不自然にゆらゆらと揺れている。

腕はだらんと力が抜けており、まぶたも閉じられていた。けれどその動きは獲物を狙う蛇の動きによく似ていて、そのせいかあたいの尾の蛇がシャ——ッと威嚇している。

しかし、女はなんの反応もない。ひたすらにゆらゆらしているだけ。

も、もしかしてだけれど、この女、寝ぼけているの？　……なら、このままちび聖女を食べちゃっても大丈夫よね？

気を取り直して、あたいがあーんと口を開けた瞬間だった。

ちりっと、ヒゲを素早い何かがかすめる。

「何っ⁉」

あたいは思わず声を出していた。見れば、後ろの壁にペンがビィインと刺さっている。同時に、目の前の女が手を伸ばしていた。

まさか、今の一瞬でペンを投げたのっ⁉　人間がどうやってそんな動きを⁉

あたいが一歩後ずさりするのと——決してビビったわけじゃないわよ——女の口からコォォオ……という不気味な音が漏れたのは同時だった。それから、カッと目が見開かれる。

その瞳を見た瞬間、あたいは全力で後ろに飛びすさった。

——女の様子が、一変していた。

昼はおだやかだった、そこらへんによくいるただの女が、打って変わって信じられないほどの殺気を発していたのだ。例えるなら、子熊の危機に瀕《ひん》した母熊の気迫そのもの。

ビリビリとヒゲを焼く強い殺気に、あたしは四肢をふんばった。

見た目は相変わらずか弱そうなのに、ヒゲも尾も、全力でヤバイと訴えている。

油断したら、まちがいなくパンチで全部持っていかれるわ……！

まさか彼女が、こんな力の使い手だったなんて……でもそうよね、聖女の守り手だものね。これくらいの使い手を置いていて当然だわ……！

じり、とあたいはまた後ずさりした。

夜とはいえ、ここは聖女の部屋であり王宮。騒がれでもしたら、あっという間に強者たちが集まってきてしまうだろう。そうなると、さすがに面倒ね……。

ここは、あれしかない。

あたいはぺろりと唇を舐めると——次の瞬間、また小さな黒猫に変化した。

「みゃお～ん」

媚びるように可愛らしい声で鳴いて、さも無害そうな顔でちび聖女の隣に潜り込む。それから大げさなほどすやすやと寝息をたててみせた。……そう、寝たふりよ。

ここは事を荒立てるよりは、立て直して次のチャンスを探すべきだと思ったの！

そうしてしばらく寝たふりを決め込んでから、あたしはちょっとだけ薄目を開けて——ビクッと震える。

見開かれた水色の瞳が、闇夜の中、至近距離でじっとあたいのことを見ていたのだ。

ヒィッ！　あ、あたいは寝ています！　寝ているったら寝ています！　今のあたいは無害な子猫ちゃんです！　決して母熊さんと戦おうなどと思っておりませんからぁあ!!

カタカタと歯が震える。

あたいとしたことが、なんてこと！　でも母熊はマジでやばいって！

そのままあたいは、ただただ時が過ぎるのを待った。やがてフッ……と気配が消え、胸を撫でおろす。

……このあたいをこんなに怯えさせるなんて、あの人間、やるわね……！　明日から、もっと慎重に正体を見極めなければ。そしてあの女がいない時に、聖女を食べてやる！

あたいは決意を胸に、ひとまず今日はちび聖女の脇の下に潜り込んだ。すぐさまうとうと、心地よい眠気が襲ってくる。

う〜ん。子どもって、体温高くてあったかいのよね……。

そんなことを考えているうちに、いつしかあたいは夢の中へと落ちていった。

◇⋄王妃エデリーン⋄◇

朝食の時間。私の隣ではアイが、お気に入りの白パンにはむはむとかぶりついていた。

特に味付けのしていないシンプルなパンなのだけれど、そのふかふか具合がお気に入りみたいで、毎朝欠かせないものになっているわ。

これを作っているのも、すました顔で近くに立っているハロルドだったりするのよね。

「ふわぁあ……」

なんて思っていると、あくびが漏れてしまう。あわてて手で隠したけれど、そばに座るユーリ様が目ざとくそれに気づいた。

「君があくびなんて珍しいな。昨夜はよく眠れなかったのか？」

「あの、はい……。実は変な夢を見てしまって」

私は白状した。

「夢？」

「ええ……。自分でも笑っちゃうのですが、夢の中で私は熊になっているんです。それから目の前にアイを狙う獅子がいて、私は命に代えてでもアイを守らないと！ って思いながら獅子と戦う夢で……」

そう言った瞬間、視界の端に黒い何かが映った。

目をやると、アイと私の足元で朝ごはんのミルクを飲んでいた黒猫のショコラが、ビィン！ と尻尾を伸ばしている。その尾はねこじゃらしみたいにボワッと膨らみ、目はカッと見開かれていた。

……この反応、まさかネズミ？　私はそっとテーブルの下を覗いてみたけれど、それらしいものはない。そうよね、この綺麗な王宮にネズミが出るわけがないわ。

「それは変わった夢だな。……何か、心配事でも？」

心配そうにユーリ様が聞いてくるが、私は首を振った。

「いいえ、きっとただの夢ですわ。それよりも、今日は新人を紹介させてくださいませ」

「新人？」

私は、そばでまだピーンと尻尾を立てている黒猫を抱え上げる。

「今、飼い主がいないか捜している最中なのですが……もし見つからなかったら、王宮で飼いたいと思っているんです」

「あのねっあのねっ！　しょこらっていうんだよ！」

「にゃおーん」

パンを手に持ったまま、アイが嬉しそうに言った。そこへショコラが、まるで返事をするようにタイミングよく鳴く。ユーリ様が目を丸くした。

「猫か」

「……もしかして、猫はお嫌いでした？」

しまった。勢いで決めてしまったけれど、ユーリ様の好き嫌いを確認しそびれてしまったわ。難色を示されたら、どうしましょう？

けれどそれは杞憂のようだった。ユーリ様が穏やかに微笑む。

「いや、いいと思う。動物と触れ合うのはよいことだ。王宮にはまだ子どもが少ないし、良き友になれることを願う」

ほっ。私は安堵した。これであとは、飼い主がいるかどうか確認するだけね。

昨夜、アイには『飼い主がいた場合、きちんと諦めること』とよーく言い聞かせたけれど、本当は私もこの子をお迎えしたいと思っているのよね。

「あっ、あっ！　だめぇ、しょこらだめだよう！　これはアイのだよぉ！」

そうしているうちにアイの悲鳴が上がる。

見れば、私の膝に乗っていたはずのショコラは、アイの隣に移動していた。それからながーく手と体を伸ばして、アイの白パンをちょいちょいとツメでひっかけようとしている。

「あっこら、だめよ。猫がパンを食べたらお腹を壊しちゃう。あなたはこっちね」

言いながら、私はハロルドに頼んで用意してもらったゆでささみの小皿を差し出した。

途端、ショコラの目がフッと細められる。それはまるで「しょうがないなあ」と言っている表情に見えて……なんだか不満げ？　猫って、そんな顔をするの？

私が首をかしげる前で、ショコラは何もなかったかのようにガツガツとささみを食べ始める。よかった。味はちゃんとおいしいみたい……ってあら？

あることに気づいて、私は顔をぐっとショコラに近づけた。

昨日は気づかなかったけれど、よく見たらおしりのところ、細かな葉っぱや泥がついて、意外と汚れているわね？　もしノミでもいて、アイが刺されたら大変！　これは一度洗った方がよさそうね。病気がないか、お医者さんにも診てもらわなくちゃ。

私は早速侍女たちにお願いして、ショコラをお風呂に入れてもらうことにした。

あとは洗いあがるのを待つだけ——そう思っていた私に、アイが瞳を輝かせた。

「アイ、あらってるところ、みたい！」

そんなお願いを私が断れるはずもなく、予定を変更して浴室に踏み入れると……。

「キャ————ッ!!」

「そっち行ったわよ！　捕まえて！」

「無理よ！　引っかかれるわ!!」

びしょぬれになって阿鼻叫喚《あびきょうかん》している三侍女と、浴室内を縦横無尽にかけまわる黒モップの姿が目に飛び込んできて、私は目を丸くした。

「わああっ！　おみずちべたーい！」

飛んできた水しぶきに、アイが悲鳴を上げて私の後ろに隠れる。

「エデリーン様、申し訳ありません！　お風呂に手こずっていて……キャアッ！」

「お願い止まってぇぇえ！」

「いたぁい！　あたしお尻打ちましたぁ〜！」

ドタバタ、ツルッ、ドッスーン！

なんともにぎやかな浴室内の様子に、私は苦笑いする。その中でカッと目を見開いて床をシャカシャカと走り回っているのは黒モップ——ではなく、濡《ぬ》れそぼったショコラね。

「ずいぶん大変なことになっているようね」

「あおおおおおん」

目が合うと、ショコラは助けを求めるようにすごい声で鳴いた。お風呂に慣れていないのなら……やっぱり飼い猫ではないのかしら？

なんてことを思いながら、よたよたと立ち上がった侍女たちの手を借りて、私は重たいドレスをバサッと脱いだ。

よし、下着の裾は濡れてしまうでしょうけれど、これで少しは動きやすいわね。

つかつかとショコラに近づくと、お腹の下に手を入れてガッと抱え上げる。そのまま置かれた洗い桶《おけ》の中にすばやくショコラを着地させると、私は侍女にサッと手を差し出した。

「お湯」

「はい！」

最初に、左手でショコラの脇の下をガッチリと固定する。関節を固めてしまうことで、猫が逃げるのを防げるのよ。

気づけばアイが、わくわくとした顔で後ろから顔を覗かせていた。私は渡された手桶のぬるま湯を少しずつ、ゆっくりとショコラの体にかけていく。

「あおおおおおお」

「すごいこえだねぇ！」

アイの言う通り、浴室によく響く独特の声だ。

うんうん、猫にとってはお風呂って最初はただただ怖いわよね。でも大丈夫、うちにいた猫も慣れるまではそんな感じだったわ。それに爪を出したり噛んだりしてこないだけ、ショコラはとっても優秀ね。

私はもう一度サッと手を出す。

「石鹸《せっけん》」

「はい！」

たっぷりと水で濡らしたショコラに、今度は石鹸をこすりつけていく。強さは控えめに、でも痛くないように。

「あおおおお」

ショコラはぷるぷると震えていた。そこに少量の水をかけて泡立ちを助けてやりながら、私は右手を使ってしっかりと泡立てていく。

「よしっ、ここからね」

私は石鹸を侍女に渡してから、わきわきと両手をうごめかせた。

「あお……？」

何か感づいたのか、ショコラが哀れな目でこちらを見る。私はにっこりと微笑んだ。

「さあ、体をきれいきれいしましょうね」

スゥゥッと滑らかな動きで両手をショコラの体に沿わせると、私は猫マッサージを始めた。はた目からは、ただ猫を洗っているだけのように見えるかも。

指を立て、指の腹で優しく強く、揉むようにして背中を洗う。

「あおっ⁉ あおぉっ……⁉」

ショコラが変な声を上げた。

人間だって、頭を適度な力で揉まれるのは気持ちがいいものよ。それは動物であっても変わらないわ。

私はショコラが痛がらないように細心の注意を払いながら、丹念に揉み洗いをした。かつて服をびしょびしょにし、お母様に呆《あき》れられながら猫を洗っていた記憶がこんなところで活《い》かされるなんて、人生何事も経験ね。

背中、お腹、尻尾の付け根、それに脚に肉球の隙間にと、まんべんなくマッサージしながら洗っていくうちに、ショコラの目がとろぉんとしてくる。

「ねこちゃん、ねちゃいそうだよぉ？」

「これはね、気持ちよくなってるのよ」

アイに説明しながら、私は満足げに微笑んだ。

うん。洗うついでに毛玉やこぶがないかも探っていたんだけれど、そちらも大丈夫そう。

私はショコラのあごの下に手を入れると、くいっと持ち上げた。既にうっとりしているショコラは、目を細めてされるがままになっている。……確かにマッサージは頑張ったけれど、それにしてもこの子、やたら順応性が高いわね……。

残りの体も全部洗ってすっきりすると、侍女たちが急いでタオルを持って拭き始めた。

「ねこなのに、あかちゃんみたいだねえ！」

と言ってアイが指さしているのは、本当に赤子のようにおくるみに包まれたショコラだ。

逃げもせず、毛づくろいもせず、ほーん……という顔で、侍女の腕の中に鎮座している。

「本当、ここまでぴくりとも動かなくなるなんて……。大丈夫かしら？」

もしかして、刺激が強すぎたかしら？

私が心配して覗き込むと、ショコラがハッとする。それから思い出したかのように侍女の腕から逃げ出し、ソファの上に陣取ってそりそりと毛づくろいを始めた。

「アイもふいてあげるねえ！」

小さなタオルを分けてもらったアイが、ショコラに駆け寄ってせっせと拭き始める。ショコラはそれを横目でちらりと見ながらも、されるがままになっていた。

◇◇黒猫アネモネ（ショコラ）◇◇

なっ！　なんなのよぉおおおこの気持ちよさはっ……‼

人間の女に水まみれにされ泡まみれにされ、全身を触られてぞくぞくしながら、あたいは悶絶していた。

「あおっ⁉　あおぉっ……⁉」

わっ！　やだっ！　なんか変な声が出ちゃうっ……！　でもこの女、絶妙に気持ちいいところを、ちょうどいい力加減で触ってくるのよね……！　あっ、そうそこ、ちょっとかゆかったから助かる――……じゃないわよっ！

あたいはハッとして、くるまれたタオルから急いで逃げた。っていうかいつの間にタオルに⁉

いけないいけない。あの女の使う謎の妖術で、あやうく身も心も持っていかれるところだったわ！

孤高の花と呼ばれたあたいを籠絡《ろうらく》しようだなんて、恐ろしい女……！

平静を取り戻すために必死で毛づくろいしていると、今度はちび聖女がやってきて、あたいをごしごしとタオルで拭き始めた。ふぅん？　ちょっと痛いけれど、あたいをお世話しようとするのは、まあいい心がけね？

「わぁあ、しょこら、さらさらできもちいいねぇ」

時間が経って乾いたあたいを見て、ちび聖女が嬉しそうにほおずりしてくる。ちょっと、暑苦しいわよ。猫パンチ飛ばさないあたいの優しさに感謝しなさいよねっ！

まとわりついて離れないちび聖女を見ながら、あたいはそっと横目で人間の女を見た。

昨夜からことごとくあたいの邪魔をしている女——名前はわかんないけれど、ちび聖女に「ママ」って呼ばれている女は、のんきな顔でこっちを見ている。

その顔は平和そのものって感じなのだけれど、かと思えばお風呂と称してあたいに謎の妖術をかけてくるし、昨夜のことを「夢」と言って周りの人間に話していたりするし……。あれって、「お前の正体、知っているわよ」っていう牽制よね？　その上であたいを泳がせているってこと？　くっ……人間め、侮ってくれるわね！

あたいは悔しまぎれに、まだ抱きついてくるちび聖女の顔をぺろぺろと舐めた。食べるのはあの女がいない時だけれど、こうなったら味見だけでもしてやるわよ！

「きゃー！　ざらざらするぅ！」

けたけたとちび聖女が笑う。

ふんっ、味見されていることにも気づかないでのんきなものね！　っていうかこの子なんかおいしいわね……。舐めているだけなのに甘いミルクみたいな味がするんだけれど、さっきそんなお菓子でも食べていたのかしら？

一心不乱に舐めていると、ちび聖女がキャーッと言って逃げていく。あっ待ちなさいよあたしのおやつ！

「王妃様、式典衣装の仮縫いが終わったようです。一度試着していただけないでしょうか」

「わかったわ」

人間たちが何か話している。それから部屋に、すぐさま豪華な服が次々と運び込まれた。それを見てあたいは顔をしかめる。

うへえ、白って嫌いなのよね。聖女とか女神とかの色だから、上位魔物のあたいからすると反吐が出ちゃいそうになるわ。

うんざりしながらちび聖女を見ようとして、あたいはおちびの姿がないことに気づいた。それから、庭に繋がる大きな窓が開いているのを見つける。

とんっと庭に飛び降りると、少し離れた場所でちび聖女が何やら花とにらめっこしていた。その姿は無防備そのもので、おまけに他の大人は気づいていないのか、周りを見回すとあたいとちび聖女のふたりきり。いつもついてくる双子の騎士もいない。

あれっ？　これってチャンスじゃない？

あたいはもう一度辺りを念入りに確認すると、ちび聖女の後ろに立った。おちびの背中に落ちる小さな影がぐんぐんと大きくなり、やがてすっぽりとその姿を覆ってしまうほどの大きさになっても、相変わらず花に夢中になっている。

ふふっ、今度こそいただきま――。

「アイ〜？　どこにいるの？」

シュンッ！　即座にあたいは姿を縮めた。

あっ、あぶないあぶない……！　振り向けば部屋の中から、女が顔を覗かせている。大丈夫よね!?

今の、見られていないわよね!?

「にゃ、にゃお〜ん」

「あら、そこにいたのね。教えてくれてありがとうショコラ」

にこやかな顔で、女が歩いてきてあたいの頭をぽん、と撫でる。

それはまるで「見張っているぞ」と言われているようで、あたいはごくりと唾を呑んだ。

お、落ち着くのよ……。まだ時間はいっぱいあるわ。さっきみたいな隙を見つけたら、次こそものにするんだから！


けれどそう決心したはいいもの、それからチャンスは全然やってこなかった。

おちびと女はほぼずっとべったりだし、ようやく離れたかと思えば、今度は騎士たちがぴったりとちび聖女の脇を固める。あたいはじれじれと待つことにした。

そうしているうちに二日経ち、三日経ち、一週間経ち……あたいは完全にじれていた。

むむ……。最初のチャンスを逃したのは痛かったわね。

でも、そろそろ動かないと。

その晩、ぐっすりと寝ている（ように見える）女の体に、あたいはトンッと降り立った。

それから女を見下ろしながら、やわらかな肉をもみもみふみふみする。

よし、いったん丸呑み作戦は忘れるわよ。作戦に固執しすぎて失敗するのは、三流のやること！

あたいは一流だから、だめだとわかったらすぐに手段を変えるわ！　こうなったら食べるのは諦めて、誘い出して事故に見せかけて始末するわよ！

なおもこねこねしながら、あたいは自分の切り替えの早さに感心する。

……っていうかこの女、なかなか立派なものを持っているじゃない……。

一心不乱にもみもみふみふみしていると、女が「うう、重い」と苦しそうな声を上げた。


「ふぅ……」

爽やかな風が吹くある日の朝。

ちび聖女の母親役である女が、小さくため息をついていた。

その声に、あたいと同じ黒髪の、やたら背の高い男が目ざとく反応する。

「大丈夫か、エデリーン。何か疲れているように見えるが」

「いえ、疲れているわけではないんです。ただ最近、夜になると胸が苦しくて……」

失礼な。あたいはそんなに重くないわよ！

内心でぷんぷんと怒りながら、あたいは素知らぬ顔でミルクを舐めた。

「それは大変だ。後で医者を呼ぼう。他に症状は？　熱は？」

あわてた顔の男が、大きな手を女のおでこにぴたっと当てている。それに対して女もまんざらじゃなさそうに「子どもじゃないんですから」なんて笑っているのを見て、あたいはハァと大きくため息をついた。まったく、朝から見せつけてくれるわね……。

「アイもやる〜！」

そこににこにこしながらちび聖女も手を伸ばして加わっている。

「あったかい！」

「そうね、おでこはあったかいわよね」

微笑む女とちび聖女に、心配そうな顔をした男が言った。

「最近少し忙しかったからな……。今日は休みにするといい」

「いえ、私は大丈夫ですわ。そんなことをしたらまたスケジュールにズレが生じて、皆に迷惑をかけてしまいますもの。それに、日中は本当になんともないんですのよ？」

「だめだ。無理はいけない。今日は休みを取りなさい」

へえ、あの男、あんな言い方もするんだ。

あたいはそれをじっと見ていた。ここ数日観察していたけれどあの男、この場では一番偉いくせに、なんていうの？　大体いつもへたれだから、こんなに強気な姿も珍しい。

同じように驚いたらしい女が、うーんと考え込む。

「それなら……ユーリ様もお休みにしてくださいませ。私よりユーリ様の方がよっぽど働きづめでしょう？」

「私も？　だが、私は平気だぞ。騎士団にいた頃と比べればこのくらい全然——」

大したことない、と男が言う前に、女が言葉をかぶせた。

「無理はいけないとおっしゃったのはどなたかしら？ もしユーリ様が休まないのなら、私も休みません」

言って、つんとアゴをそびやかしている。

あたいはそれをぺろぺろ手を舐めながら見ていた。

これはあれね。わがままっぽく言っているけれど、男の体調が心配で演技しているわね。

ま～ったくおあついことで……。そういうの、猫も食べないわよ。

すねた演技をする女に、男が目を丸くし、それから諦めたように言った。

「……わかった。なら、今日は休みにして、皆でどこか行こうか」

「まあ、よいのですか？ おひとりでゆっくり休まなくても」

「構わない。ひとりでいても鍛練するだけだ。それに、最近は食事以外で一緒に過ごす時間も減っていたからな」

その言葉に、女はこれでもかというぐらい嬉しそうに顔を輝かせた。その顔を見て、男がまた顔を赤らめているのには……気づいていなさそうね。

まったく、あたいだけがひたすら見せつけられているの？ でもそこに立つ近衛騎士なら、あたいの気持ちがわかるでしょ？ ねえ！

あたいが近衛騎士の足にちょっかいを出していると、女の声が聞こえた。

「ありがとうございますわ。アイ、今日はユーリ様とも一緒に遊べるって！」

その声にちび聖女も「やったぁ」と両手を上げる。

「そうだ、ユーリ様。せっかくですから、みんなでピクニックにでも行きませんこと?」

ここぞとばかりに女は言った。

「侍女たちに聞いたのですが、今王宮から少し外れたところにある森で、紅葉《もみじ》を見るのが流行《はや》っているらしいんです。普通なら全部黄色い葉っぱなのですが、特別に輸入してきた木を植樹《しょくじゅ》したことで、オレンジや赤など、色のグラデーションを楽しめるのですって」

へぇぇ。人間ってわざわざそんなことをしているの?

あたいと同じく興味を持ったらしい男が、興味深そうに目を細める。

「紅葉か……。そういえばもうずいぶん長いこと、花や木を愛《め》でていなかった気がする」

「ユーリ様はずっと、国のために戦い続けていましたもの。アイのおかげで平和を取り戻しつつある今だからこそ、ゆっくりと季節の移り変わりを愛でるのもよいことですわ」

そう言う女のドレスの裾を、ちび聖女がくいくいと引っ張った。

「もみじってなあに?」

「とっても綺麗な葉っぱよ。見つけたら、何枚かおうちに持って帰りましょうか」

ちび聖女は、どうやら紅葉を知らなかったらしい。あの子、親にそういうの見せてもらえなかったのかしら? あれ? そういえば聖女ってこの国の人間じゃないんだっけ?

あたいはあんまり聖女について詳しく知らない。あたいたちにとって聖女は、主様にとっての敵っていうだけ。色々考えていると、女がなぜか少し悲しそうな顔で言った。

「アイ、これからたくさん、ママたちといろんなものを見に行きましょうね」

ふぅ～ん。何やら面白そうな話をしているじゃない。名所だかなんだか知らないけれど、森という以上、自然のトラップが山ほどあるはずよ。崖に、池に、沼に、湖。どれもこれも事故を装うのにぴったりだわ！

あたいは乗り遅れまいと、ちび聖女の隣に立ってここぞとばかりに主張した。

「にゃ〜あ」

「ショコラも一緒に行きたいの？ じゃあ、迷子にならないように気をつけなきゃね」

こうしてあたいは、まんまと紅葉狩り一行に加わることに成功した。

✣

ガタゴトと揺られる馬車の中、かごに入ったあたいは満足げにふんふんと鼻を鳴らした。

隣では、自分がこれからどんな目に遭うのかも知らず、ちび聖女が楽しそうに歌を歌っている。目が合うと、ちび聖女があたいのことをぎゅーっと抱きしめてきた。

ぐえ、苦しいって！

「しょこらもいっしょに、はっぱあつめようねえ」

まったく、葉っぱの何が楽しいんだか。つくづく、花やら葉っぱやらを愛でる人間の気持ちがわからないわ。そんなもの食べても全然おいしくないじゃない。猫草は別だけれど。

やがて浮かれた一団は、小ぢんまりとした小さな森にたどりついた。他にも葉っぱを見に来た人間たちがちらほらいるみたいで、皆がちび聖女だけでなく、付き添う大人にもうやうやしく頭を下げている。ふぅん……やっぱり偉い人間たちなのよね。

「わぁっ！　みてみて～いろんないろがいっぱい！」

ダッと、興奮したちび聖女が走り出す。あたいは召し使いっぽい人間が抱えるかごの中にゆったりと座りながらそれを見ていた。

黄色、赤、オレンジ、ゴールド……。鮮やかに色づいた葉っぱが、グラデーションを描きながら青空に広がっている。そのくっきりした色は、まるで神様が色を塗ったみたいだ。

ふぅん……とあたいは鼻先を突き出した。

あたいたちがいる魔界の葉っぱは、みんな灰色をしている。花なんかないし、土はただひたすら黒く、かさかさに乾燥している。色がついているのは、空に浮かぶ赤い月だけ。

それがあたいたちにとっては居心地がいいから気にしたことはなかったんだけれど……。まぁ、たまには、たくさん色に囲まれるのも悪くないわね。

飛び込んできたたくさんの色に、あたいはしぱしぱ目をまばたかせる。

でも不思議と目に痛いわけじゃない。なんというか……しっくり。そう、しっくりなじんでくる感じ。不思議と懐かしさすら感じるのはどういうことなの？　あたいは人間たちみたいに〝情緒〟を感じたりなんかしないはずだけれど、紅葉はなかなかやるじゃない？

「噂《うわさ》には聞いていたけれど、素晴らしいわ！　まさに自然が織りなす色のハーモニーよ！」

「見事だな。ここまで整えるのは大変だっただろう。これを植樹したのは一体誰だ？」

人間たちが感動しているそばで、あちこちにラグが敷かれ、色々な食べ物が並べられる。

ちび聖女は母親の女と一緒に、木の幹にがしっとしがみついて笑っていた。

あたいも、のっそりとかごから抜け出して、ふんふんと辺りの匂いを嗅ぐ。少し湿った、豊かな土の匂い。それから少し離れたところから、藻の混じった水の匂いもするわね。池があるのかしら、好都合だわ。

それからあたいは、ちび聖女のそばに座り込んでチャンスをうかがった。やがて人間たちがお昼ご飯を食べ始め、あたいも茹でたシャケを少し分けてもらって、あぐあぐ食べる。

このシャケ、猫用に作られているらしくて味がほとんどないのよね。あたいは魔物だから塩ぐらいどうってことないのに……。あたいはちらっと恨みがましく、ちび聖女を見た。

おちびはあたいのと違って、しっかり味付けがされたシャケをパンで挟んでいる。今まさに食べようとしているものの、パンが少し大きいらしい。小さい口をこれでもかと大きく開けて、ぷるぷるしながら先端にもしゃっとかぶりつく。

……でも口が小さいから、具のシャケまで全然たどりつけていない。ああ、茹でられてほんのりとオレンジに染まったシャケの、なんておいしそうなこと……。

あたいはうずうずした。――それから、大人たちが見ていない一瞬の隙をついて、シャケめがけてすばやくネコパンチを繰り出す。

「あああっ!!」

おちびが悲鳴を上げると同時に、シャケがぽぉんと見事な曲線を描いて宙を舞う。

何事かと振り向いた大人たちに捕まえられる前に、あたいは素早くシャケをくわえて遠くに逃げていった。へへん！ この世は弱肉強食なのよ！

「うわあん！ しょこらにおさかなとられたあああ！」

すばやく木の後ろに隠れたあたいとは反対に、ちび聖女はべしょべしょと泣きべそをかいて女に慰められている。

「大丈夫よ、私の分を分けてあげる。猫ちゃんはお魚が好きだから、もっと注意して見てあげればよかったわね……」

そうよそうよ。油断する方が悪いのよ。猫は本能には勝てないもの！

あたいは戦利品のシャケをはぐはぐと食べた。うん、やっぱりこの塩気、最高！ 骨も丁寧に取り除いてあるし、身がふっくらしてほくほくだし、ぺろっと食べられちゃうわね。

……いけない、そんなことを言っていたら、召し使いっぽい人間が、あたいを捜しにやってきたわ。捕まる前に全部食べちゃわないと！ はぐぐっ！

やがて抱きかかえられて連れ戻されたあたいの前で、母親の女がパンを食べやすい大きさにちぎって、おちびの口に入れていた。涙はもう引っ込んだらしく、パンとシャケとレタスが、ちび聖女の口に吸い込まれる。

「おしゃかな、おいしーねえ」

シャクシャクと音を立てながら、おちびがにこっと笑った。……いい音じゃない。レタスも一緒にかっさらえばよかったわ。

「秋鮭《さけ》は、身がさっぱりとしていて一番おいしいのですって」

女が言いながら、おちびの頭を撫でる。その眼差しはやわらかくって、おちびのことが可愛くて可愛くて仕方ないって感じの顔だ。

……ふうん、人間って、そんな顔もするんだ……。

あたいはぺろりと唇を舐める。ちょっぴり残ったしゃけの塩気が、やけにおいしかった。

ランチを終えて、人間たちはまた何やら始める気らしい。総出でせわしなく準備している人間たちの横で、おちびがひとり葉っぱを拾い集めている。

それを見て、あたいはピンときた。

今こそ……大人が見ていない今こそ、チャンスじゃない⁉

あたいは急いでおちびに近づくと、ぐぐっと背を伸ばした。それから肉球で、ちょんちょんとおちび聖女のほっぺをつつく。

「しょこら、どうしたの？」

おちびの注意がこっちに向いたのを確認して、あたいはここぞとばかりに森に向かってダッシュした。

「しょこら？　まってよぉ」

よしよし、狙い通り、後ろからちび聖女がついてきている！　それに、まだおちびとあたいに気づいている大人もいない。あたいは息をはずませた。

走って走って走って。土を踏みしめ葉を踏みしめ、木々をかき分けて現れたのは、澄んだ水の小さな池。けれど小さなといっても普通の池に比べればの話で、子どもなんてあっという間に沈んでしまうほどの深さも持っている。

ここにおちびを突き落とせば……。

あたいはごくりと唾を呑んだ。

「わあ、おいけだねえ。おみずがいっぱい」

あたいの目論見通り、池に気づいたおちびがしゃがんで水面を覗き込んでいる。その小さな背中は、あたいがわざわざ真の姿に戻らなくても、体当たりすれば簡単に転がり落ちてしまえるほど頼りない。

悪いわね、おちび。あたいは魔物。血も涙もない魔物なのよ。恨むのなら、あんたの生まれを恨むことね。

あたいはスッ……と音もなくおちびの後ろに立った。

それから、全速力で走り、ちび聖女めがけて体当たりする。

すぐさまドンッ！　という音とともに、おちびの小さな体が宙に舞い上がり——みたいなことを予想していたんだけれど、そうはならなかった。


……あれっ？　どういうこと？


「でもねえ、おいけはあぶないって、ママがいってたんだよ」

と言いながら、おちびは意識してか知らずか、身をひるがえしてひらりとあたいの体当たりをかわしていたのだ。

えっ？　うそ？　体当たりする相手がいなくなっちゃったってことは、あたいは……？

おそるおそる下を見ると、透き通った水面に、目を真ん丸にしたアホ面の黒猫が映っていた。

……ってこれもしかしてあたい⁉

まって！　これすっごいまずいやつじゃない⁉

あわてて手をかいてみても、爪はむなしく宙を空振りするだけ。

そして――。

バッシャン‼　という世にも無情な音とともに、あたいは池の中に落ちた。

「ビバブッ！　ガボバッ！」

まってまってまって‼　あたい、泳げないのよ‼　だって猫だから‼　獅子って言ったたって、体の大きい猫だから‼

あたいが必死にもがいていると、青ざめたおちびが叫んだ。

「しょこらっ‼」

だれか‼　おとな‼　大人を呼んできてぇ‼

そう言いたかったけれど、あたいは沈まないようにばちゃばちゃするのに必死で、叫ぶ余裕はなかった。

そんなあたいの前で、おちびが何か決意した顔をしている。えっ、何考えているのこの子。まさか……！

「まっててね！　いま、アイがたすけてあげる！」

すうっ！　と大きく息を吸ったおちびが、ドボン！　と池に飛び込む。

えっ⁉　あんた大丈夫なの⁉　ていうかもしかして泳げるの⁉

けれどあたいの期待とは裏腹に、おちびはその場であたいと同じく、沈まないようにばちゃばちゃしているだけだった。

あっこれ全然だめなやつだ。

どーするのよ⁉　ふたりしておぼれそうになっちゃっているじゃない！　……って、おちびはそれでいい、のよね……？　元々、それがあたいの目的だものね……？

考え事をしていたら、うっかりもがく手を止めてしまった。途端に、体がすぅっと沈み始める。

わっわっわっ！　これはやばい！　あたい、まだ死にたくない！

「アイッ‼」

その時だった。

あたいたちの上に影が降って、大きな手がおちびとあたいを抱え上げたのは。

「大丈夫か⁉」

手の主は、おちびの父親役であるやたら背の高い男だ。服が濡れるのも構わず、ざぶざぶと池に入ってきたらしい。……といっても男には浅い池だったみたいで、腰ぐらいまでしか浸かっていないけれど。

「アイ！」

続いて聞こえた悲鳴のような女の声は母親の声だろう。濡れ鼠《ねずみ》のようにだらりと手にぶらさがったあたいには、その姿を見る元気もなかった。

「誰か毛布を！」

人間たちの慌ただしい足音が聞こえる。

やがてあたいとおちびは、ふたりして毛布にくるまれると、王宮へと連れ帰られた。

……はあ、また失敗したわ。
あたいはかごの中で毛布にくるまれながらため息をついた。
まさか、男があんなに早くやってくるなんて。まあおかげで助かったんだけれど。
それからちらりと毛布にくるまって寝るおちびの顔を見る。
……あの子、あたいを助けようとしてくれたのよね。全然泳げないくせに。
『まっててね！　いま、アイがたすけてあげる！』
脳裏に響く、おちびの声。それはなぜか、ずっと頭の中に残って離れなかった。

第五章 『しょこら、だいすきだよ』

◇◇王妃エデリーン◇◇

「アイ、大丈夫？　痛いところや気持ち悪いところはない？」

お風呂で綺麗に汚れを落とし、湯船に入って体をあったためたアイに私は問いかけた。

熱めのお湯に入ったアイは頬を上気させ、ほかほかと頭から湯気を立てている。

「ママ、ごめんね。アイ、おいけにはいっちゃったの……」

こんな時でもこちらを気にするアイのいじらしさに、ぎゅっと胸を締めつけられた。苦しくない程度の力で抱き寄せると、アイが私の胸にぽすんと頭をもたれかける。

「……ひとりでお池に入るのは、とってもよくないことだわ」

──最初に異変を察知したのはユーリ様だった。

アイの姿がないことに気づいたユーリ様が突然走り出して、それに釣られるように私もやっと事態を把握したの。

彼が言うには、ショコラが池に落ちて、それを追いかけるようにアイも池の中に飛び込んだのですって。幸い、すぐに気づいたおかげでふたりとも無事だったのだけれど……。

「ユーリ様が気づいていなかったら、アイもショコラも、ふたりともおぼれていたかもしれない。

本当なら叱るところだけれど……アイは、ショコラを助けようとしたのでしょう？」

こくん、とアイがまたうなずく。

「それはとても立派なことよ。ママは今日、あなたの勇気を誇りに思うわ」

そう言ってアイを見ると、彼女は泣きそうな顔で私を見上げていた。いけないことをしたという罪悪感と、それで怒られなかった安堵がないまぜになったような表情だ。

私はまたぎゅっとアイを抱きしめた。

「今回は手段を間違えてしまったけれど、次からはママやユーリ様、他の誰でもいいから、大人を呼んでね。私たちはいつでも、あなたの助けになるから」

こくんとアイがうなずいて、胸に顔をうずめてくる。その小さな頭を愛おしく抱えながら、私は優しく撫でた。そばでは、お湯で泥汚れを落としたショコラが、我関せずと言った顔で、そりそりと毛づくろいをしている。

「……そういえばね、アイの集めた葉っぱ、侍女たちがちゃんと持って帰ってきてくれたのよ。今度それを使って絵を描きましょうか」

その言葉に、ようやくアイに笑顔が戻った。

「うんっ！」

同時にタイミングよく、こんこんとノックの音がしてユーリ様が入ってくる。

「アイ、大丈夫か？」

心配そうな顔のユーリ様に、アイがもじもじとして、また私の胸に顔をうずめた。今度は、ユーリ様に怒られると思ったのかもしれない。

けれど彼は、そばにやってくると、優しくアイの頭を撫でただけだった。

「立派だったな」

口数は少なかったけれど、その言葉にはユーリ様なりの労《いたわ》りがにじんでいる。

アイもそれを感じ取ったのだろう。うるんだ瞳でユーリ様を見上げていた。


――その日はさすがにアイも疲れたらしく、気づくとこっくりこっくりと舟をこいでいる。

「今日は少し早いけれど、もう寝ましょうか?」

眠たくてぼんやりしているアイを着替えさせてから、私たちは布団に潜り込んだ。

そこへ我先にと滑り込んできたのは猫のショコラ。最近はすっかり、私とアイに挟まれて眠るのがお気に入りになっているみたい。

そんなショコラを抱き枕代わりに抱きしめながら、アイがむにゃむにゃと言う。

「きょうねえ……アイをねえ……パパが……たすけてくれたんだよ」

うんうん、とアイの話に相槌《あいづち》を打ちながら、私はあることに気づいた。

あれっ? 今、〝パパ〟って言ったわよね?

私が目を丸くしていると、アイもそのことに気づいたらしい。

はっと目を見開いてから、あわてて言い直す。

「あのね、えっとね、……へーカ」

私は笑いながら首をかしげた。

「いいのよ、アイ。ユーリ様をパパって呼んでも」

けれど、その言葉にまたアイの下唇が突き出される。

あらっ⁉ やっぱり駄目なの⁉ なんでかしら……。

理由がさっぱりわからなくて、私は思い切って聞いてみることにした。

「アイ。なんでユーリ様のこと、パパって呼びたくないのかな？ もちろん、嫌だったら言わなくてもいいのだけれど」

私の言葉に、下唇が、どんどん突き出てくる。おまけにぷくぅ〜と、ほっぺまで膨れ上がってきた。そ、そんなに？ そこまで嫌？

たっっっぷりの間を取ってから、アイがぼそりと言う。

「……だって、へーカは、いっしょにねんねしてくれないもん……」

ねんね？ ねんねって……夜一緒に寝ることよね？

思ってもいなかった言葉に私は目を丸くした。

ぶすぅ、と膨れつらのままアイが言う。

「へーカ……。よるはどこかにいって、アイとママをおいていっちゃうもん」

そうか、そういうことだったのね……！ 私はようやく納得がいった。

ユーリ様と私は、絶賛本当の夫婦を目指している最中とはいえ、寝台までは一緒にしていない。

だって私は毎晩、アイと寝ているんだもの。

けれど、アイにとってはそれこそが不満だったらしい。

「アイは、ユーリ様ともいっしょにねんねしたかったのね？」

私の問いに、こくんとアイがうなずく。

ユーリ様と同衾……!!　と考えると動揺しそうになるけれど、今は四の五の言っている場合ではない。この間の、サクラ太后陛下の離宮では事なきを得たけれど、今日はアイが望んでいるんだもの。ここは私も心を決めなくては。それに、ユーリ様とふたりっきりになるわけじゃない……わよね？

私はひとり気合いを入れると、アイを見た。

「それなら、ユーリ様に一緒にねんねしてほしいって、お願いしにいこっか？」

「うんっ！」

私とアイは手を繋いで、部屋を抜け出した。

コンコンコン、と私はユーリ様がいる執務室をノックした。この時間、ユーリ様はいつもお仕事をしているはず。

「構わない。入ってくれ」

中からユーリ様の声が聞こえて、私はゆっくり扉を開けた。

それからアイと手を繋いで部屋の中に身を滑らせる。

ユーリ様は書類に目を落としたまま、こちらには気づいていない。

「……ユーリ様、今よろしいでしょうか？」

その声で、彼は初めて入ってきたのが私だと気づいたらしい。

「エデリーン!?　一体どうしたんだ！　それに、そ、その恰好《かっこう》は……！」

たちまちユーリ様の顔が真っ赤になって、目が逸らされる。

恰好？　私は自分の姿を見下ろして、ああ、と気づいた。

もう寝る寸前だったから、うっかりネグリジェのまま出てきてしまったのね。

「こ、これを羽織りなさい」

顔を背けたまま、ユーリ様が足早に歩いてきて上着をかけてくれる。

「はしたないものをお見せして申し訳ありませんわ」

「い、いや、そういうわけではない……」

ぼそぼそとしゃべるユーリ様をよそに、私はしゃがんでアイの肩に手を乗せた。

「実は……アイが、ユーリ様とも一緒に寝たいらしいんです」

「私と？　私は構わないが、アイは嫌ではないのか……？」

驚いたユーリ様の声は、どこか自信なさげだ。

まあ、無理もないわよね。今までパパとすら呼んでもらえなかったんだもの。信じられない気持ちもわかるわ。

私はユーリ様を安心させるように、にっこりと微笑んだ。

「アイがそうしたいと言っているんです。もちろん、無理強いではありませんわ」

その言葉に、アイがこくりとうなずいてから私に抱きついてくる。どうやら、恥ずかしくなってきたらしい。ほっぺが赤く染まっている。

「……わかった。それなら、今日はもう仕事を切り上げよう」

ユーリ様の声に、アイの顔がぱぁっと明るくなる。それから小さな手が、嬉しそうにユーリ様に向かって伸ばされた。

◇◇国王ユーリ◇◇

……困った。まったく眠れない。

隣でアイとエデリーンが寝息をたてる中、私はひとり暗闇で目を見開いていた。

アイを挟む形で、私たちはベッドに横になっている。アイの右手は私に、左手はエデリーンが握っていた。アイが「てをつないでねたい」と言ったからだ。

私はそっと、横で眠るアイを見る。

まだあどけなさの残る顔に、丸くやわらかいほっぺ。両目は閉じられており、ぽこっと膨らんだお腹が、規則正しい上下を繰り返している。

――初めはただただ戸惑いしか感じなかった彼女の存在は、いつの間にか私の中で、かけがえのないものになっていた。無防備で愛らしさに満ちた寝顔を見るたびに、父親としてなんとしても守らなければいけないと思う。

ぎゅっと、痛くならないよう、けれどしっかりと小さな手を握ってから、私はその奥で眠るエデリーンを見た。月光に照らされた彼女も、今は穏やかな顔で寝ている。

その顔に、警戒という二文字は、まったくない。

私はかすかに眉をひそめた。

……私も一応男のはずなのだが、微塵《みじん》も意識されていないのだろうか？

つい恨みがましく、そんなことを考えてしまう。

エデリーンの寝巻き姿は一度サクラ太后陛下の離宮で見たことはあったが、あの時は部屋の中が暗かった。反対に、明るい部屋で見る寝巻き姿は威力が高く、危うく鼻血を吹き出すところだった。

落ち着いた後も、もんもんと……いや、少々目のやり場に困っていたのだが、エデリーンの方はというと、いたっていつも通りだ。私の寝巻き姿を見ても顔色を変えず、いつもと変わらぬ態度、変わらぬ笑顔でアイに語りかけていた。

なぜだ……!?　そこは普通、もっと驚くものではないか!?

いや……むしろ、寝巻きだけでこんなに動揺してしまう私の方がおかしいのだろうか？

私は空いた片手で頭を抱え、自問した。

確かに今までほとんど女性と関わることはなかったが……それでも、自分の伴侶の寝巻きだぞ!?　初めて見るのだぞ!?　動揺するのが、普通なのではないか!?

一瞬、私は悪友であるハロルドに、これが正常な反応であるかどうか聞いてみようかとも思った。

だが、すぐにその考えを打ち消す。

奴は最近事あるごとに「遅咲きの恋は大変だよな。なんかあったら相談に乗るから、気兼ねなく相談してくれよ。な?」なんてニヤニヤしてくる。それでもって、奴の言葉を真に受けて本当に相談したが最後、騎士団全員に言いふらされるのが目に見えていた。

だめだ。ハロルドに相談するのは、絶対にだめだ。

それから言い訳じみた考えを思い浮かべる。

これはあれだ、きっと性別による差だ。男性は女性より、そういうのに反応しやすいようにできているんだ。知らないがきっとそう。

言い聞かせながら私は深呼吸を繰り返した。

こういう時《非常事態》こそ、落ち着きが何より大事だ。

私が騎士団に入ったばかりの頃、騎士たちは事あるごとに下品な話で盛り上がっていた。だが、その中でも私は努めて冷静でいたため、心をかき乱されることはなかった。今も根っこは変わっていないはず。精神を統一し、あの時の落ち着きを思い出せば――。

そこまで考えたところで、私は視界の端に映った光景にぎょっとした。

アイとエデリーンのそばで、いつのまにか寝ていたはずのショコラが立ち上がっていたのだ。それからショコラがエデリーンの胸元に乗ったかと思うと、その……彼女の、む、胸を、ふみふみと揉み始めたのだ！

私はガバッと勢いよく起き上がった。

ショコラは私を「何か？」とでも言うように一瞥《いちべつ》しただけで、またすぐにふみふみもみもみと気持ちよさそうに踏みしめている。ゴロゴロと、喉まで鳴らしていた。

最近、エデリーンがよく眠れないと言っていたのは、もしかしたらこれが原因だったのかもしれない。猫といえど、それなりの重さがある。私ならともかく、女性で細身のエデリーンには重いに違いない。

「ショコラ……。やめなさい、ショコラ……！」

ふたりを起こさないよう小声でささやいてみるが、ショコラはまったく気にしていない。

そのうち、エデリーンの口から苦しげな、それでいてどこか悩ましげな、甘くて色っぽい吐息が漏れた。

「うぅん……」

——それを聴いた瞬間、私は目の前が真っ赤になった。

先ほどの深呼吸も落ち着きも精神統一も、すべてが無に返る。

己の体を走るビリビリとした激情だけが、体を支配している。

ぐっ……！　いけない。

勢いのまま暴走しそうになる己の手を鉄の意志で押さえつけ、磨き上げた身体能力をフルに活用してすばやく音も揺れもなくベッドから抜け出す。それから気持ちよさそうにエデリーンの胸元を揉んでいるショコラを、間髪容れずに抱え上げて寝室を後にする。

——色々、限界だったのだ。察してくれ。

◇◇王妃エデリーン◇◇

チチチ、という鳥のさえずりに誘われて、私は目を開けた。

カーテンの隙間から差し込む陽光に目を細めたところで、隣に寝ていたアイももぞりと動く。やがてふさふさのまつげに彩られたおめめがゆっくりと開き、寝ぼけた顔で、アイがふにゃりと笑った。

「……おはよぉ、ママ」

その笑顔は本当に嬉しそうで、見ている私の胸がきゅんっとなる。

ああ、こんな素敵な笑顔から始まる一日って、なんて素晴らしいのかしら！　それに寝起きのふにゃふにゃした声も、たまらなく可愛いっ……！

私はアイの小さな頭にキスを落とし、やわらかな髪を撫でる。

「おはよう、アイ」

いい目覚めといえば、もうひとつあった。

ここ最近私を悩ませていた寝起きの倦怠感《けんたい》が、今日はまったくなかったのよ。

ぐっすり寝た後特有の体の軽さに加えて、頭もすっきりしている。

私は起き上がって、ぐぐっと背伸びをした。隣ではアイも真似して、「ぐぐ～」と言いながら一生懸命手を伸ばしている。その横でもうひとり、むくりと起き上がった人物がいた。

「……ふたりとも、おはよう」

ユーリ様だ。

――そう、昨夜はついにユーリ様も一緒に寝たのよね。

少しだけ気恥ずかしさもあったのだけれど、いざ横になったら、自分でも驚くほどこてんと寝てしまって……気づいたら朝だったたわ。

「おはようございます。昨夜はよく眠れましたか……って、その顔はどうしたんですの!?」

何気なくユーリ様を見て、私はぎょっとした。アイも叫ぶ。

「おめめのした、まっくろ！」

ユーリ様の目の下には、絵の具でも塗ったかのように黒いクマがくっきりと刻まれていた。心なしか目も充血しているし、どう見てもよく眠れた人の顔には見えない。

「まさか、私たちの寝相が悪かったですか⁉」

あわてて聞くと、ユーリ様が首を振った。

「君たちのせいではない。ただその……突然、夜通しでやらなければいけない仕事が舞い込んできてしまって、気づいたら寝る機会を逃していたというかなんというか」

その言葉は珍しく歯切れが悪く、最後の方はぼそぼそとしてよく聞こえない。

「まあ、急なお仕事が……⁉ そんな時に、添い寝をお願いしてしまって申し訳ありませんでしたわ。無理せず、自分のお部屋で休んでいただいた方がよかったかしら……」

私がしゅんとすると、ユーリ様は急いで手をぶんぶんと振った。

「いや！ 決して！ 君たちのせいではないんだ！ むしろ呼んでくれ、毎日呼んでくれ。私もその……家族として、少しでも交流を持ちたいと思っているんだ」

「本当に大丈夫ですの……？ 無理、されていませんか？」

私がじっと見つめると、なぜか彼は赤面した。

「私は大丈夫だ。……だからとりあえず、ふ、服を着てくれないだろうか」

服？ ……ああ、まだ寝巻きのままでしたものね。といっても、肌露出面積も少ない、ごくごく普通の寝巻きなのですが……ユーリ様は、意外と照れ屋さんなのかしら？

私が羽織りものを探している間に、ユーリ様はアイを見た。その顔に先ほどまでの焦りはなく、優しい笑みが浮かんでいる。

「おはよう、アイ。昨日はよく眠れたか？ 私は体が大きいから、邪魔になったりしなかっただろうか？」

「だいじょうぶ！　アイ、いっぱいねたよ」

そう言うアイの小さな頭を、ユーリ様の大きな手がくしゃりと撫でた。隣では猫のショコラがあくびをしながら、にゅ～んと体を伸ばして、背伸びしている。

「だから、だからねえ……」

もじもじと手をいじりながら、アイがぽそりと言う。

「……パパ、きょうもいっしょにねてくれる？」

その言葉に、私と、それからユーリ様が目を丸くした。

今、〝パパ〟と言ったわよね⁉

アイもその意味をわかっているらしく、照れたようにえへへと笑っている。

ついに、ついにアイがユーリ様をパパと呼んだのね……！

私は顔を輝かせて、ユーリ様の顔を見た。

彼はしばし硬直していたかと思うと、その目にみるみる涙がたまっていく。

……あらっ⁉　ユーリ様、嬉しさのあまり、泣きそうになっているの⁉

驚いて見つめていると、彼はあわてて顔を背けた。

「もっちろん、今日も一緒に寝よう。そのためには、早く仕事を片づけねばな……！」

顔を背けているが、ズズッと鼻をすすった音を私は聞き逃さなかった。

ユーリ様って、意外と感激屋さんなのね？

アイも気づいたらしく、心配そうに彼の顔を覗き込もうとしている。

「パパ、ないてるの……？」

「いやっ！　泣いてない、泣いてないぞ！」

「アイ、もしかしたら目にゴミが入ったのかも。そうですわよね？　パパ？」

「そう、ちょっと、ゴミが、入ってたんだ……ズッ」

私がそっとフォローを入れると、ユーリ様はすぐにうなずいた。まだ納得のいかなさそうなアイの肩に手を乗せて、私はくすくすと笑う。

「にゃーお」

そこへ、とてとてと歩いてきたショコラが鳴く。まるで「そんなのはいいからさっさとご飯をちょうだい」と言っているようだ。私は笑いながら、侍女を呼ぶベルを鳴らした。

◇◇黒猫アネモネ（ショコラ）◇◇

「アイ、他に何か食べたいものはないか？　パパがとろうか？」

そう言いながらいそいそと色々な食べ物を取り分けているのは、ちび聖女の父親、もとい、この国の国王だ。あたいは味のしない茹でささみをハグハグ食べながら、ニコニコデレデレしている男の顔を盗み見た。

この男……最初見た時は険しい顔に怖いオーラをまとって、いかにも〝手練《てだ》れ〟って感じだったのに、おちびに「パパ」って呼ばれて以来、顔が溶けきっちゃっているじゃない。

そんなデレデレの顔をしていたら、せっかくのイケメンなのに、女に逃げられるわよ？

……って思ったけれど、その隣で母親の女も似たような顔をしていたから、ある意味お似合いなのかもしれない。ま、夫婦は似てくるって言うしね。

「アイはもうおなかいっぱいだよ、パパ！」

「そうかそうか。ならいいんだ」

嬉しそうに微笑みながら、男がぽんぽんとおちびの頭を撫でる。

あーあ、見てらんない。ゲロを吐きそうなほど甘い顔って、こういうことを言うのかしら？　うわっ！　よく見たら隣の女も同じ顔しているじゃない！　まったくこの夫婦は……！　いつものことだけれど、ほんと見ているこっちの気持ちにもなってほしいわ！

あたいがうんざりして顔を上げたところで、もうひとり面白い顔をしている人間を見つけた。いつもあたいのご飯を準備してくれる料理人の男で、必死に笑いをこらえているみたいだけど、たまに「ぶふっ……あのユーリが……」ってぼそぼそつぶやいているの、聞こえているのよね。

そんなことを面白がっている暇があったら、あたいにおかわりを持ってきてほしいものだわ。でも料理人の男はこっちを見ていなかったから、あたいは諦めて毛づくろいを始めた。

さて、今日はどうしようかしらね。

そりそりと前脚を舐めながら、あたいはこれからの作戦を練る。

最近はいよいよ聖女式典とやらが近づいてきているらしくて、国王も母親の女も忙しそうに走り回っている。けれど、相変わらずちび聖女の周りはガードが堅いのよね。しかもこの間池に落ちて以来、さらに護衛が増えちゃったの。

双子騎士と三侍女たちが交代で常におちびを見張っていて、この間みたいに誘い出すこともできない。夜は夜であの女はおっかないし、どでかい図体の男も増えたものだから、ベッドが狭くて困っちゃうわ。

あたいが悩んでいると、いつの間にか食べ終わっていたらしいおちびが、何かを持ってたたたっと走ってきた。……何よそれ、リボン？

「しょこら！　これから、しょこらはアイたちのかぞくなんだって！」

家族？　なんであたいがあんたたちの家族になるのよ？

母親の女がニコニコしながら歩いてくる。

「ショコラの飼い主はとうとう見つからなかったけれど……代わりに、正式にショコラをうちの子としてお迎えしましょうね」

「うん！」

おちびが嬉しそうにうなずいた。その目は太陽の光をいっぱい反射して、きらっきらに輝いている。頬だって紅潮して、これ以上ないくらい「嬉しい！」って顔をしていた。

……ふ、ふん。あたいは魔物だから、家族なんていうのは人間が勝手に言っていることだけれど、まあ、その、なんていうか………………そんなに喜ばれるのは、悪くないわねってちょっとだけ思ったわ。……ちょっとだけよ⁉　ほんとに、ちょぴっっっっとだけだからね⁉

「だからねえ、かぞくのおいわいに、りぼんもらったの！」

そう言っておちびがずいっと差し出したのは、よく見たら猫用の首輪じゃない！

あたい、いやよ！　そんな窮屈なもの。しかも、色が白いじゃない！　このあたいに白をまとえ

だなんて、屈辱以外の何物でもないわ！

でもおちびが本当ににこにこしながら差し出してくるものだから、一瞬あたいは逃げそびれてしまった。その隙に、母親の女がするりとあたいの首にリボンを巻く。

「うん、とっても可愛いわ！　すごく似合っているわね」

「かわいい〜〜〜！　ほんとうにきれいなねこちゃんだねえ！」

目を輝かせ、おちびが両手をぱちぱちと叩いて大喜びする。

……そ、そう？　そんなに似合っている？　やっぱりあたいくらい上位の魔物になると、聖女の色だって軽々着こなしちゃうのかしら？

あたいは自慢げにつんと顎をそびやかした。それから、サービスとばかりにくるっとその場で回ってみせる。

「かわいいねぇ〜〜〜!!　ほんとうにかわいいねえ〜!!」

言うなり、はしゃいだおちびの手がにゅっと伸びてきた。

ぐえっ。

ぎゅううううっと抱きしめられて、あたいは声を漏らしそうになる。子どもとはいえ人間は人間。猫の姿をしているあたいから見ると、とっても大きいのよ。

まったく、力加減には気をつけなさいよね！

精いっぱいの抗議を込めて両手でばしっとおちびの顔を押さえると、なぜかおちびはげらげらと笑い出した。

「しょこらのにくきゅう、やらかいねえ〜」

ちょっと、勝手に肉球の感触を楽しまないでくれる⁉　あたいはうんざりしたように、尻尾をパタン！　と振った。

——そうしてあたいが「家族」と認識されて以降、もともとひどかったおちびの〝猫かわいがり〟は、文字通り加速した。

どこに行くにもあたいを抱えて連れまわし、隙あらばお腹に顔をうずめてくる。

まあ、そう言いつつ、あたいは結構快適に過ごしていたんだけれどさ。

「しょこら、ごはんだよぉ」

おちびがにこしながら持ってきたのは、小皿に載ったお肉だ。

最近は馬肉が猫のご飯として流行っているみたいで、あたいももらったけれどなかなかのお味なのよね。肉がトロッとしているのに、くどくなくて食べやすいのよ。あ、でも一番はやっぱり魚よ。あたいは断然魚派なの。

「ぶらっしんぐ、してあげるね！」

あたいがご飯を食べ終えると、今度はおちびが鼻息荒く言いながらブラシであたいの背中を撫で始めた。これも以前は大人たちがしてくれていたのだけれど、最近はおちびがやってくれているのよね～。覚えたばかりの単語が嬉しいらしくて、しょっちゅうブラッシング、ブラッシングって連呼しているから、あたいまで覚えちゃったわよ。

ソリソリソリ。硬い獣の毛が、ちょっと猫の舌と似ているのかしら？　まるで母猫に毛づくろいされているみたいで、結構好きなのよね……。

「アイ、見て。ショコラがごろごろ言っているわ。きっと気持ちいいのね」

母親の女があたいを見て、にこにこしながら言った。

……ふ、ふん。確かにちょっと気持ちよくって喉なんか鳴らしちゃっているけど、あたいを可愛がりたいならそれなりに試練は受けてもらうわよ？ ほら、これは耐えられるかしら？ 必殺、抜け毛の刑よ！ ブラッシングされるうちにほわほわと抜け出たあたいの毛に、おちびは叫んだ。

「わぷっ！ ママ、しょこらのけがおくちにはいった～！」

「おいで、とってあげる。それに顔の周りも服もすごいわ。後でお着替えしましょうね」

言いながら女がおちびについた毛を取っている。それから……。

「見て、ショコラの分身」

集めた毛を、女は丸めて手のひらに載せた。そこには鶏の卵より少しだけ大きい、ほわほわの黒い毛玉が乗っかっている。

「しょこらぼーるだ！」

抜け毛の塊のどこがいいのやら……おちびはそれを嬉しそうに抱えている。つついてみたり、匂いを嗅いでみたり。さんざん遊んだかと思うと、最後にはまたトタトタと駆け寄ってきて、あたいをぎゅっと抱きしめた。

「やっぱり、ほんもののしょこらが、いちばんいいねえ」

言いながらすりすりと頬ずりしてくる。……ふん、また顔が毛まみれになるわよ。

そう考えながら、あたいはちょっとだけ、この生活も悪くないな、なんて思っていた。

……っていけない!!

あたたかな日光の下。おちびの隣でうとうととまどろみかけながら、あたいは思い出したようにぱちっと目を開けた。

危うくほだされそうになっちゃったけれど、のんきに過ごしている場合じゃないのよ！

あたいは魔物。それも上位の魔物。人間界に絶望を振りまくことが役目で、今はその中でもさらに特別な任務、ちび聖女の抹殺を任されているのよ。

ちら、と隣で眠るおちびを見る。

おちびは、朝から試着やら予行演習やらで引っ張りまわされていた。

そのせいか、部屋に戻るなり、こてんと寝てしまったのだ。部屋に侍女や近衛騎士はいるものの、珍しく母親の女の姿はない。

あたいはそっと身を起こすと、ちび聖女を見下ろした。

ベッドに広がる黒髪は細くやわらかく、うっすら寝汗の浮かぶ顔はまあるくあどけない。まあ五歳だもの、完全に子どもよね。

あたいは手を伸ばして、ふくふくと膨らんだおちびのほっぺを押してみた。

ぷに、という感触とともに、どこまでも手が吸い込まれていく。そんなあたいには構わず、相変わらずおちびはすぴすぴと寝息をたてている。

油断しきって、平和そのものって感じの顔ね……。でも、悪いわね、おちび。あんたに恨みはないけれど、あんたは聖女、あたいは魔物。住む世界が違うのよ。

あたいは部屋の中を見渡す。近衛騎士も侍女もしっかり見張っているけれど、誰もあたいには注意を向けていないようだった。

それを確認して、あたいは静かに枕元のベッドデスクに近づいた。そこにはおちび用の水差しがある。中身はレモン水。おちびは寝起きに、必ずこのレモン水を飲むのだ。

近衛騎士たちを気にしつつ、あたいは水差しにすっと尻尾を差し込んだ。たちまち、尻尾が小さな蛇へと形を変える。その蛇の牙から、ぽちゃん、と一滴の雫《しずく》が水差しに落ちた。

それを確認して、あたいはすぐにおちびの元に戻る。一瞬のことだったから、近衛騎士も侍女もあたいが何をやったのか気づいていない。

——あたいが入れたのは、無味無臭の毒だった。

この毒はあたいだけが使える特殊能力。自然界のどんな毒よりも強力で、飲めば聖女とてひとたまりもない。その上、時間が経てばただの水に変わるから、魔物の仕業だとはまずわからない。人間たちを疑心暗鬼に陥らせることもできて、一石二鳥というわけ。

……本当は毒なんていう卑怯《ひきょう》な手段は使いたくなかったけれど、このままだと永遠に埒《らち》が明かないと思ったのよ。当初の予定よりだいぶ長く人間界に滞在してしまっている。主様だって、そろそろじれているかもしれない……。

やがて、あたいが見つめる前で寝ていたおちびがもぞりと動いた。それから目が開き、ぽやんとした顔のままむくっと起き上がる。

気づいた侍女が、にこやかな笑みを浮かべてやってきた。

「おはようございます、アイ様。よく眠れましたか?」

その手は早くも水差しに伸びている。侍女も、おちびが寝起きにレモン水を飲むのを知っているのだ。けれど、侍女が小さなカップにたっぷりと注いでいるのは、毒入りの水だ。

もちろん、その存在はあたい以外知らない。

「どうぞ。アイ様の好きなレモン水ですよ」

おちびがごしごしと目をこすりながら、侍女が差し出したカップに手を伸ばす。

その様子を、あたいは息を呑んで見つめていた。

おちびの小さな両手が、中身をこぼさないようカップをぎゅっと握っている。そのふちに、つんと尖らせた唇が吸い寄せられていく。

そう、そのまま飲むのよ。そうすればおちび、あんたは、死ぬ――！

あたいがゴクリと唾を呑んだ瞬間、突如、脳裏に過去の記憶が蘇ってきた。

――それは、あたいがまだ本当に〝猫〟だった頃の記憶だった。

❖

「ニ゛ャ゛ア゛ア゛ア゛ア゛ア゛――――ッ！」

熱い。痛い。苦しい。

閉じ込められた小さな檻《おり》の中で、文字通り、炎があたいの体を焼いていた。

想像を絶するような痛みにもがき苦しみ、少しでも苦痛から逃れようと、あたいはやたらめったらに檻に体を打ちつける。

目の前では格子越しに、大きな体をした男があたいを見ている。あたいの目は目ヤニでほぼ塞がれている上に、逆光だったから顔はほとんど見えない。けれど、黄色い歯でニヤニヤ笑っているのだけはわかった。……苦しむあたいを見て、楽しんでいるのだ。

ガンッ、ガンッ。何度体当たりしても、鉄の柵はびくともしない。けれど体当たりしていれば痛みが少しはやわらぐ気がして、あたいは止まることなくぶつかり続けた。

「本当に、よわっちいなあ」

面白くてたまらない、という声で男は言った。

なおもガンッガンッと体を檻にぶつけながら、あたいは、どうしてこんなことになったんだろう……と遠のく意識で考える。


少し前まで、あたいは確かにママときょうだいたちに囲まれてぬくぬくと過ごしていた。そりゃあ野良猫だったから、時にはひもじい思いや寒い思いもした。けれど、少なくとも野良猫としてちゃんとした生活を送っていたんだ。

それが変わったのは、あたいがこの男の仕掛けた罠《わな》に捕まった時から。

男は思い出すのもおぞましい方法で、あたいの身を切り刻んで弄んだ。

熱い、痛い、苦しい。

もうそれ以外、何も考えられない……。

怖いよ、ママ。助けて、ママ。

ママのあったかい体はどこ？　きょうだいたちも、みんなどこにいるの？　怖いよ、ここは痛くて苦しいよ……。

やがてあたいは力尽きた。ぐったりとして動かなくなったあたいを、大きな手が乱暴に檻から引きずり出す。

「なんだ、もう終わりか」

そのままごみを捨てるように、あたいはぽいっと土の上に放り出された。

……どのくらい、その場に横たわっていたのだろう。かろうじて息を残していたあたいは、突然全身を噛み砕かれるような、強烈な痛みを感じた。

「ニャアアアアア！」

最初は、またさっきの男が戻ってきてあたいをいじめているのかと思った。だが無理矢理かっぴらいた目の先にいたのは——全身真っ黒の、獅子のような姿の魔物だった。

ズグ……と魔物の太い牙が、あたいのお腹に食い込んでいる。その強烈な痛みは、眠ろうとしていたあたいの精神を強烈に揺さぶった。

痛みが、熱が、苦しみが、全力であたいに訴えかけてくる。

——お前は、そんなことのために生まれてきたのか？

その言葉に全身が震える。

人間に幸せを奪われ、ボロ雑巾のように弄ばれ、捨てられ、最後は魔物に嚙み殺されておしまい。


そんなことしか、あたいには許されなかったの？

そう思った瞬間、身を引き裂く痛みは、強烈な怒りへと変わった。ドクドクと体中を巡るのは血ではなく、憎しみ。あたいはギリッと歯を食いしばった。

違う。あたいは、弄ばれるために生まれてきたわけじゃない……！


あたいを家族から引きはがした人間が許せない。

あたいを切り刻んだ人間が憎い。

あたいを助けてくれなかった、すべての人間が大嫌い。

——絶対に、やつらを許さない。


そう誓った瞬間、目の前が真っ赤に染まる。

気づけばあたいは、目の前の魔物の首元に牙を立てていた。無駄なあがきだとはわかっていても、一矢報いたかったんだ。

ぶしゅ、と噴き出す血は黒く冷たく、あたいの全身をしとどに濡らしていく。

けれど不思議なことに、その血を浴びると体の痛みが消えた。それどころか、幸せだった頃のように、どんどん活力が戻ってくる。

かすんでほとんど見えなくなっていた視界も、霧が晴れるように澄み渡る。やがて視界がくっきりと鮮明になった時、あたいは自分の体に起きた異変に気づいた。

いつもあたいよりずっと高いところにあった草木が、あたいと同じ高さにあったのだ。

どす、と踏み出した脚は変わらず黒いものの、まるで丸太のように太くたくましい。前脚を広げてみると、見たこともないほど鋭い爪がぎらりと光った。

これが、あたい……？

信じられない気持ちで、あたいは近くの水たまりを覗いた。

そこに映っていたのは、獅子の姿をした黒い魔物。

は、はは……！　あたい、魔物になっちゃったんだ……!?　さっきの魔物に嚙みついたから？　それとも、血を浴びたから？　……ううん、理由なんてどうでもいい。大事なのは、あたいがとてつもない力を手に入れたってことよ。

水たまりに映る獅子が、しゅるるると縮んで元のあたいの姿に戻る。

まるで、最初から魔物として生まれたようだった。誰に何を教わらなくても、どうすれば変化できるのか簡単にわかる。あたいに新しく備わった数々の能力も、まばたきするよりも簡単に使えた。

あたいは鼻を上げて、匂いを探す。

すぐに目的の匂いは見つかった。

あたいをなぶりつづけた、忘れたくても忘れられない、あの男の腐ったような匂い。

あたいはその醜悪な匂いを追って、一歩足を踏み出した。

「にゃあん」

幼く、弱く、いかにも無知な猫のようにあたいは鳴いた。甘い声に振り返った男が、驚きに目を見開くのが見える。

「なっ、なんで⁉　おまえ、傷が回復して⁉　……いや、千切れた体が戻るわけがない。じゃあ、別の猫か……？」

そう、あたいは、あんたが散々なぶった末に捨てたあの猫よ。千切れた体は不思議なことに、勝手に戻ってしまったのよねえ。

けれど男は勝手にあたいを違う猫だと決めつけたらしい。はぁ、はぁと生臭い息を吐きながら、脂と血にまみれた汚らしい手を伸ばしてくる。

「よーしよし……おいで……。俺が可愛がってやろう……」

可愛がる？　あんたの可愛がるというのは、ずいぶん残忍なんだねえ。

でも、それがあんたの流儀というなら、あたいもたっぷりとお礼をしなくちゃね？

あたいがにんまりと微笑んだ次の瞬間、ヒュッと風を切る音がして、男の手首から先が消えていた。

「あ……？」

何が起こったのか理解していない男の前で、真っ赤な血だけが勢いよく噴き出す。

「あ、あああああ⁉」

にぶい男だねえ。ようやく自分の身に何が起こったのか悟ったらしい。けれど、楽しい時間は始まったばかり。あたいがやられたことをすべて、お返ししてあげないと。

あたいは舌なめずりをした。それから猫が鼠を弄ぶ時のように、この男があたいを弄んだ時のように、たっぷりとお礼をしてあげたのさ。

——響き渡る男の悲鳴が、飛び散る血しぶきが、たまらなく心地よかった。

やがて男がぴくりとも動かなくなった頃、そこに立っていたのは一匹の魔物だった。

かつての弱いあたいは消え、魔物として生まれ変わった、強いあたいだけが立っていた。

❖

——ドクン。

自分の心臓の音に、あたいはビクッと身を震わせた。

回想を終えたあたいの前では、毒が入った水を、おちびが今まさに飲もうとしていた。

あたいの口から、ハッ、ハッ、と荒い息が漏れる。

その水を飲めば、聖女など関係ない。おちびは間違いなく死ぬ。そして聖女の死は、主様やあたいが待ち望んでいたこと。魔界の安寧を壊す人間の、それも力のある人間の死は、魔物にとってこの上ない歓《よろこ》びなのだ。

……だというのに、この動悸《どうき》は何?

ドクドクと心臓が暴れ、周りの動きがすべてのろのろと見える。おちびの長いまつげがゆっくりと上下するのに合わせて、空気が揺らぐところすら見えるみたい。

コップの中で緩慢に揺れる毒水が、おちびの唇に吸い寄せられる。
ハッ、ハッ、ハッ。
呼吸が、荒い。
あたいは気持ちを静めるためにゆっくりと唾を呑み込んでから、自分に言い聞かせた。
ちび聖女は人間よ。憎い憎い、人間のひとりよ。だから、殺しても構わない――！
ドクン。
またもや心臓が鳴った。
脳裏に蘇るのは、おちびの甘い、あどけない声。
『アイがなでなでしてあげるねえ！』
あたいを撫でる、優しい小さな手の感触。
『しょこらはおひさまのにおいがするねえ』
ふんわりと香る、ミルクのような甘いおちびの匂い。
『しょこらは可愛いねえ』
ぎゅっと押しつけられた頬の、あたたかな体温。
――そして。
『しょこら、だいすきだよ。ずっといっしょにいてね』
世界中の光を集めたような、きらきらと輝く黒い瞳は、あたいをまっすぐに見ていた。

「――にゃあああああ!!」

気づけばあたいは、猛然とおちびに飛びかかっていた。

「わあっ!?」

おちびの叫び声とともに、ガチャン！　とコップが落ちて砕ける。毒水はすべてこぼれ、絨毯《じゅうたん》に吸収されていく。

……なんで!?　なんであたいは、自分で貴重なチャンスを潰してしまったの!?

わからない、わからない、わからない!!

混乱が、あたいの体を稲妻のように駆け巡る。その勢いに突き動かされて、あたいは全力で部屋の中を縦横無尽に走り回った。

「にゃあああああ!!」

「きゃあっ！」

「アイ様をお守りしろ！」

ガシャン！　ドスン！　バタン！　ビリリ！

あたいは無我夢中になって、手当たり次第体当たりをした。大きな水差しが倒れて割れる。侍女が転ぶ。椅子も倒れる。シーツが破れる。

はあっはあっ……。やがて息が切れたあたいは、全身の毛を逆立ててベッドで荒い息を繰り返していた。ぎりぎりと爪をシーツに食い込ませていると、おちびの声が聞こえる。

「しょこら！」

「アイ様お待ちください！　今は危険です！」

護衛騎士が止めるのも聞かず、おちびはするりと騎士の腕の中から脱出した。そのまま青ざめた顔であたいの元に駆け寄ってくる。

「しょこら！　どうしたの！　だいじょうぶ⁉」

さっきまで狂ったように暴れていたあたいに、おちびはためらうことなく手を伸ばしてくる。そのままふわりと、あたいは小さな手に包み込まれた。

「おばけのゆめ、みたの？　だいじょうぶだよ。おばけがきてもアイがいるからね。アイが、おばけをやっつけてあげるからね」

言いながら、とん、とん、と頼りない手つきであたいの背中を叩いてくる。

「だいじょうぶ、だいじょうぶ……なにもこわくないよ」

とん、とん、とん……。

その小さなリズムを聞いているうちに、あたいの息は落ち着いてきた。

……なによ。今言ったの、全部この間母親の女がおちびに言っていたことじゃない。怖い夢を見て泣いていたの、あたい見ていたんだからね。

そう思うのに、その小さな手から離れようとは思わなかった。

だって、人間にこんなに優しくされたのは、初めてだったんだもの。

人間の手がこんなにやわらかくて、こんなにあったかくて、こんなに気持ちいいものだって、知らなかったんだもの……。

あたいは控えめに、少しだけ、すり……とおちびの手に頰をこすりつけてみた。すぐさまそれに応えるように、小さな手が一生懸命あたいの頭を撫で始める。

「しょこらはあまえんぼさんだねえ」

ふん。まったく同じ台詞をあんたに返してやるわよ。

だんだん落ち着きを取り戻してきたあたいは、ざり、と舌でおちびの頬を舐めた。

「わあ、くすぐったあい！」

……ふん。今回あたいが止めたのは、やっぱり卑怯な手はよくないって思ったからよ！

心の中で言い訳しながら、悔しまぎれにもっとざりざり舐めてやる。

あたいは一流の上位の魔物として！　やっぱり最初の方針通りやるのが一番だって思ったの！

それまでちょーっとばかり時間はかかるかもしれないけれど！　おちびは！　アイは！　きっとあたいが食べるのよ！

ざりざりざり。舐める舌は止まらない。

べっ、別に居心地がいいわけじゃないんだからね⁉　おちびはあたしのごはん！　おいしいものは最後に食べるって、決めているだけなのよ！

あたいはおちびを押し倒すと、必死にそのやわらかいほっぺを舐め続けた。

「やめてえ！　ちょっといたいよう！」

おちびの叫び声に、騎士があわててあたいを引きはがす。

べろんべろん。抱え上げられて舌が宙を空振りしても、あたいはずっと舐め続けていた。

◇⋄？？？・？？？⋄◇

ずるり、べちゃっ、ずるり。

冷たい石床の上を這いながら、我はイライラしていた。

――遅い。遅すぎる。

アネモネを送り出してから早一か月。まったく連絡がないが、一体どうなっているのだ？

苛立ちをぶつけるように、我は尾を床に叩きつけた。ドォン、という音とともに、飛び散った粘液が辺りの壁を溶かす。ジュウウウという音が聞こえる中、我は声を張り上げた。

「アイビー！」

「ここに」

我が呼ぶと、すぐさまアイビーが姿を現す。奴は今日も黒い髪に紫の目の、若い人間の男の恰好をしている。全身を包む真っ黒な服に、手を胸の前に置いて頭を下げて……相変わらず執事ごっこは続いているらしい。

「アネモネとはまだ連絡がつかないのか！」

魔界の主である我は、どんな魔物ともいつでもどこでも意思疎通ができる。それは上位魔物であるアイビーやアネモネにも備わっている能力だ。だが、アネモネを送り出して以降、存在は確かに感じるのに、奴の声だけがぱったりと聞こえなくなってしまった。

「再度接触を試みます。……おや、どうやら今日は繋がるようですよ」

アイビーが手を振ると、我の前にフッと丸い鏡が浮かび上がる。それはいつも聖女を監視するために使う鏡と違って、表面が黒く塗り潰されていた。

闇を流し込んだような黒い鏡の表面が、ゆっくりと波打つ。そのままぼんやりとした何かが映し出されるのを、我はじっと見つめていた。そして――。

「……アネモネ、貴様は何をしておるのだ？」

人間どもが使うソファーの上で、腹を丸出しにしてごろんごろんと寝転がっている黒猫は、紛れもなくアネモネだ。隣では、小さな聖女がニコニコしながらそのお腹をもっふもっふと撫でまわしている。

「……おい、アネモネ。聞いているのか！」

我はカッと怒鳴った。その瞬間、アネモネの目がぎょっと見開かれる。

『あ……主様⁉』

頭の中に直接響く声。鏡の中ではアネモネがしっぽをピンと立て、あわてて姿勢を正していた。かすかに聞こえた、「ショコラ、どうしたの？」という声は小さい聖女だろう。

『こ、此度《こたび》はいかがされたのですかあ〜⁉』

取り繕うような猫撫で声に、我のこめかみにぴくぴくと青筋が浮かんだ。

「どうしたも何も、任務を忘れたのか！　貴様はなんのためにそこにいる！　隣でピンピンしている聖女は、一体どういうことか！」

怒鳴ると、部屋の中がビリビリと衝撃で震えた。向こうの世界で、アネモネが怯えたように耳を伏せている。それからごまかすようにへらへらと笑った。

『実はですねぇ、やっぱり聖女の周りってなると、ちょっとばかし警戒が厳重でして。おまけに、バケモノ級の人間がごろごろいるんですよ！ だから様子を見ている最中でしてぇ……』

「様子見？ ふん。腹を見せて飼い猫のように撫でられることが様子見なのか？」

我が皮肉ると、黒猫は心外とばかりに眉をひそめてみせた。

『やだなぁ。相手を油断させるのも作戦のうちじゃないですか。そもそも、あたいを呼んだのも、それが理由でしょう？ 見てくださいよこのちび聖女の様子を。あたいを信用しきって、毎晩一緒に抱いて寝ているくらいなんですから』

アネモネが自慢げに言ったそばから、ちび聖女の手がにゅっと伸びてきて黒猫をぎゅーっと抱きしめる。……なるほど、確かに奴は、ちび聖女の信頼を勝ち得てはいるらしい。

「……それで？ その様子見とやらは、いつまで続ける気だ？ 我は貴様に、一刻でも早い聖女の始末を命じたはずだが？」

『それなら、もうすぐだとお答えしましょう』

黒猫は自信ありげに、にやりと笑った。……いかにも悪い笑みだったが、ちび聖女に頭をわしゃわしゃ撫でられながらだったから、まったく威厳はない。

『もうすぐ、人間どもがみんな浮かれて油断する時がやってきます。そう、〝聖女式典〟という名のね！ そこで、事故を装ってどかんとやってやるのが、あたいの策ですよ！』

「ほう。聖女式典」

『ええ、ええ！ 聖女式典は人間にとって大事な儀式。その儀式の最中に、主役である聖女に凶事が起これば、奴らは恐慌状態に陥るでしょう！ 聖女の始末に加えて、人間たちに絶望を振りまく、まさに絶好のチャンスなのです』

「ふむ……一理ある」

我は、人間にとって輝かしい場であるはずの聖女式典が、血に濡れる様を想像した。たくさんの人間たちの悲鳴を想像して、つかの間、心の平穏を得る。

「よかろう。では、聖女式典で聖女を抹殺し、人間たちに混乱を与えるのだ。いいかアネモネ、我の堪忍袋の緒はもう限界だ。しくじるでないぞ」

『はぁい、それはもう！　あたいにお任せくださいませ！』

「それから、意識は常に繋げておけ。連絡が取れぬではないか」

『ああ、今回うっかり閉めそこね――じゃなかった、開けそこなっておりました！　大変申し訳ありません主様！』

うん？　今こやつ、閉めそこねたとか言いかけなかったか？　ということは最近連絡がとれなかったのは、こやつが意図的にやったことなのか？

「おいアネモネ、どういうことだ。まさか我からの連絡を絶とうなどと……」

『あっ！　大変申し訳ありません主様！　どうやらちび聖女がお散歩の時間のようでして！　あたいも偵察のために今すぐ同行せねばッ！』

そう言うと、我が答える間もなく、瞬く間に鏡の表面が真っ黒に塗り潰された。

「……主様。どうやら、アネモネがまた意識を閉ざしたようです」

事務的に答えるアイビーをギロっとにらみ、我はまた怒りに任せて暴れた。

終章

◇◇王妃エデリーン◇◇

街中に張り巡らされた小さな旗が、晴れ渡った空にはたはたと揺れる。青地に白で描かれているのはこの国の象徴である女神ベガとカーネーションの絵。あちこちでりんごん、りんごんと鳴っているのは、教会から聖女に贈る祝いの鐘の音だった。

マキウス王国の人々が待ちわびた聖女式典が、まもなく始まろうとしている。

そんな中、宮殿の控え室で、礼服に身を包んだ私はズシャアとその場に崩れ落ちていた。

「あああ〜〜〜……っ！　何回か試着しているのを見たことあったけれど、やっぱり本物の威力半端ない……！」

嗚咽《おえつ》しながら、たまらず口元を押さえる。

目の前には、白い聖女服を着たアイがしゃらららんと立っていた。

ちょこんと頭に載る小さな白帽子に、裾がふわっと広がる聖女服は清楚《せいそ》で、アイの聖女っぷりをこの上なく引き立てている。丁寧に編み込まれた髪はブラシでとかしたかいがあって、つやつやのさらさら。緊張しているのか、おめめはうるうるとうるみ、頬はかすかに上気している。

こんな愛らしく可憐な聖女、他にいるかしら⁉ いいえ断言してもいい。アイだけよ！

「だっ、誰か……！ 私の絵筆を持ってきてくれないかしら⁉」

息も絶え絶えに手を伸ばすと、侍女のひとりがそっと歩み寄ってくる。

「王妃様、お気を確かに。気持ちはわかりますが、まもなく本番ですよ。お召し物もしわになってしまいます。それに宮廷画家がいるではありませんか」

くっ！ 確かに宮廷画家がいたわね。それに、私も一応王妃としてものすごく豪華なドレスを着ている。さすがにこのドレスにしわをつけてしまうわけにはいかないわ……。

私は侍女の手を借りて立ち上がった。それから名残惜しそうにアイを見る。

ああ、今すぐこの瞬間を自分で絵に収めたい‼ もちろんアイのドアップよ‼

しかし私の願いはむなしく、当然誰もスケッチブックを持ってきてはくれなかった。ならばこの光景を焼きつけて後で絵にしようと、私はカッと目を見開いてアイを観察する。

そんな私の奇行にも驚くことなく、とた、とた、といつもより慎重な足取りでアイがやってくる。聖女服が重たくて歩きにくいのだろう。

私の前までたどりつくと、アイが見上げながらにっこりと笑った。

「ママ、すっごくきれいだねぇ！ おひめさまみたい！」

あああああ〜〜〜‼

ズシャア。本日二回目。私はまたもやその場に崩れ落ちた。

「王妃様！」

いえ、無理でしょう。今のは可愛すぎて無理。ドレスはしわになったかもしれないけれど、かろうじて鼻血をこらえたのを褒めてほしい。

侍女たちに助け起こされながら私はくっと額を押さえた。

まったく……お姫様みたいなのはアイの方よ!! あと天使で女神で聖女なのも全部アイよ!! あっ、これ以上アイの可愛さを表現する言葉が出てこなくてもどかしいわ……！

そんな苦悩は押し隠し、私はアイを怖がらせないようににっこりと微笑んだ。

「ありがとう。アイもすっごく素敵よ。この国で、ううん世界一可愛いわ！」

まったく嘘偽りのない言葉で褒めたたえると、アイがえへへ、とはにかむ。

その姿も愛らしいこと愛らしいこと……！ こんな可愛い姿をこんな間近で見られる私、もしかして前世でとんでもない善行を積んだのではなくて？

そうとしか思えない最高待遇に、私はそっと手を組んで女神様に感謝を捧げた。

そうしているうちに、何人かの足音とともに控え室の扉がガチャリと開く。

現れたのは、青の礼服に身を包んだユーリ様だ。服にはたくさんの紐《ひも》飾りがつけられ、肩には白の外套《がいとう》が掛けられている。

その姿は軍人王という名にふさわしく凛々しく、不覚にも私はドキッとしてしまった。

やっぱり、礼服ってすごい……。アイはもちろん、ユーリ様もいつもの五割増しでかっこよく見える気がする。それに彼って、立ち姿にも気品があるのよね……。幼い頃は農村で育ったと聞いたけれど、きっと彼のお母様がしっかりと育てたのでしょう。

入ってきたユーリ様は、歩きながら白の手袋をつけていた。やや伏せられた瞳がどこか物憂げな色気をたたえていて、私は胸の鼓動を押さえて必死に平静を装う。

それから手袋をつけ終えたユーリ様の眼差しが上げられ――次の瞬間、彼はドッとその場に膝をついた。

「ユーリ様⁉」

「パパ⁉」

「陛下⁉」

皆が青ざめて一斉に駆け寄る。それを手で制しながら、ユーリ様が苦しそうにうめく。

「すまない、大丈夫だ。……アイのあまりの可愛さに一瞬意識を失いかけた」

わかりますわ～～～‼

言葉には出さなかったけれど、私にはすさまじくその気持ちがわかった。よく見れば、周りの人たちも皆なまあたたかい笑みを浮かべている。

「アイの可愛さは尋常ではありませんものね。私も二回崩れ落ちました。もしかしたら民衆たちも、あまりの可愛さに失神してしまうかも……」

頭の中で拍手を浴びるアイを想像していると、ユーリ様がもごもごと言った。

「そ、それから……君も……すごく……美しい……」

「え？　何かおっしゃいましたて？」

残念ながらその声は小さくて、よく聞き取れなかったけれど。

「い、いや、なんでもない」

そこへ、先ほどよりかはいくぶん服に慣れたらしいアイがやってきて、またもや必殺・天使スマイルを炸裂《さくれつ》させた。

「パパ、すっごくかっこいいねえ！」

横から見ていた私ですら、その笑顔のまぶしさに目を覆ったのだ。一方、直撃を受けたユーリ様は一瞬硬直し――それからブッと鼻血を噴き出した。

「わあ！」

「陛下⁉」

「お召し物は無事か⁉」

人々の悲鳴が上がる中、私はサッとハンカチを差し出した。淑女たるもの、常にハンカチは持っていないとね。……というのは建前で、私もいつ鼻血を出すかわからないからいつでもどこでも大量に隠し持っているのよ。

「皆、すまない……」

がっくりと肩を落とすユーリ様の腕に、私はそっと触れた。

「お気持ちわかりますわ。私も鼻血を出さないために、相当の鍛錬を積みましたもの」

「さすがエデリーンだな……。私はまだまだ修行が足りない」

まるで長年の戦友であるかのように、私たちはうなずき合った。それからユーリ様が、「パパ、だいじょうぶ……？」と心配そうにおろおろしているアイの頭を撫でる。

「たいしたことじゃない、大丈夫だ。それより聖女服がとてもよく似合っているよ。アイは世界一のお姫様だな」

おひめさま、という単語にアイの頬がポッと染まる。

ふふっ、ユーリ様も最近だいぶアイのことがわかってきたみたい。アイは『聖女』よりも『お姫様』って言われる方が好きみたいなのよ。

ふたりでにこにこしながらアイを褒めちぎっていると、式典進行係が小走りでやってきてユーリ様に耳打ちする。どうやら順番がやってきたらしい。

「さ、ふたりとも行こう。まずはアイの戴冠式だ」

ユーリ様が差し出した手に、アイの小さな手が乗せられる。それからもう片方の手に、私の手が繋がれる。

三人でしっかり手を繋ぐと、私たちは踏み出した。


――マキウス王国で最も大きく、最も由緒あるウィンポール大聖堂。そこでアイの戴冠式は行われた。

国の名だたる貴族は全員参列し、もちろんサクラ太后陛下や私の両親も参加している。周辺国の大使たちも、マキウス王国の新たな聖女をひとめ見ようと詰めかけていた。

壇上に立つのは、大神官の正装に身を包んだホートリー大神官。普段の穏やかさと打って変わり、今はゆったりと落ち着き払い、威厳をただよわせている。

私とユーリ様は、まるで花嫁の手を引く父親さながらに、アイと手を繋いで真っ赤な絨毯の上を歩いていた。やがて祭壇の前についていて立ち止まる。

ここから先は、聖女であるアイしか上がってはいけないのだ。

引きずるほど長いマントをつけたアイが、緊張した面持ちでゆっくりと階段を上る。それから練習通りホートリー大神官の前にひざまずいた。

そうそう……その調子よ！　私はハラハラしながら、固唾を呑んで見守っていた。

社交界デビューする娘を見る母親って、こんな気持ちなのかしら？

ホートリー大神官はアイのために作られた特注のティアラを天に掲げ、ゆっくりと女神への祝詞《のりと》を捧げる。その声は不思議な響きを持って大聖堂内に広がり、聞く人の心を厳かな気持ちで満たした。

「異世界から降臨した少女アイ。そなたを、マキウス王国の一六代聖女と認定する」

言葉とともに、小さなティアラがゆっくりとアイの頭に載せられる。やがて顔を上げたアイは、上気した頰で、ゆっくりと振り向いた。

――マキウス王国初となる、小さな聖女の誕生の瞬間だった。

アイは緊張しているものの、しゃんと背中を伸ばしてしっかり前を見据えていた。そのけなげな姿に、つい目元が潤んでしまう。私はあわてて目頭に力を入れてこらえてから、緊張しているアイに向かってにっこり微笑んだ。

よく頑張ったわね、アイ！

その気持ちが通じたのか、緊張しながらも、アイが照れたように微笑んだ。

戴冠式の後は、結婚パレードならぬ、屋根なし馬車でのお披露目パレードが待っている。

こんな風に街中を堂々と移動したことはなかったから、初めて見る景色にアイはきらきらと目を輝かせていた。アイが手を振ると、旗を持った民衆が歓声を上げる。

「キャーッ!! 聖女様可愛い！」

「俺が守ってあげた～い！」

「可愛すぎてうっかり天に召されてしまうやもしれん……」

そんな声がちらほら聞こえてきて私は笑った。ふふっ、心の底から同意だわ。でも最後のおじいちゃんだけは健康に気をつけてね。

……それにしても、と私は改めて馬車の中から街を見渡した。

当然だけれど、街の中にはたくさんの建物がある。たくさんの人がいる。

あそこに見えているのはよくお世話になった由緒ある仕立屋さんだし、そちらに見えているのは最近令嬢たちに人気のおいしいスウィーツ屋さん。他にも、行く機会はなかなかないけれど、果物屋さんに肉屋さんに小麦粉屋さんに、色々な店が立ち並んでいる。

そして街角に立って旗を振っているのは、それこそ老若男女さまざまな人たちだ。

アイと同じくらいの小さな子どもから、希望にあふれた少年少女。赤ちゃんを抱っこしている若い母親に、働き盛りの男性たち。そして若者にはまだまだ負けないという気概を感じさせる、エネルギッシュな先輩方もいる。

ただの侯爵令嬢として生きていた時代、建物は当たり前の風景として通り過ぎるものだったし、街を歩く人たちも気にしたことはない。

けれど、この人たちこそ、王国が守るべき民なんだわ。

パレードは聖女を披露するためのパレードであると同時に、聖女や国王に〝これがあなたたちの守るべき民〟と自覚させる意味合いもあるかもしれない。

私は片手で、そっと隣に座るアイを抱き寄せた。

頬を上気させているアイに、そのことはまだ理解できないだろう。でもその重い責任はユーリ様、それから私の可愛いアイの肩にこそ乗っているのよ。

私は、民から見たらただのお飾り王妃かもしれない。けれど、誰よりもふたりに近いからこそできることもあるはず。ふたりが民を守るのなら、私がふたりを守りましょう。

強く心に決めて、私は小さな頭にキスを落とした。すぐさま、キャアと歓声が上がった。


パレードの後は、いよいよ最後のイベントである王宮広場でのお披露目だ。

バルコニーに繋がる部屋の中で、私たちは最後の身支度を整えていた。そうしている間にも外から、ガヤガヤとした人の声が聞こえてくる。バルコニーから見渡せる王宮広場には、今頃聖女をひとめ見ようとやってきた民たちで埋まっているはずだった。

「それでは、扉を開けます！」

緊張した声の侍従たちが、動きを揃えてきびきびとガラス扉を開け放っていく。

途端、まだ姿を見せてもいないというのに、ワァァアッという人々の興奮した声と熱気が王宮内に勢いよく流れてきた。

アイの小さな手が、私の手をぎゅっと握る。

すぐに通り過ぎる馬車のパレードと違って、バルコニーでのお披露目は、民衆たちの視線を直で浴び続ける。そのことを、きっと肌で感じているのね。

「大丈夫だ。私たちがそばにいる」

私が口を開くより早く、ユーリ様がアイに向かって言った。こくん、と小さな頭がうなずいたのを見て、私は微笑んだ。

ふふっ。気づけばユーリ様も、すっかり〝パパ〟として頼もしくなっている。

ふたたび三人で手を繋ぎ、私たちはバルコニーへと一歩踏み出した。後ろからはサクラ太后陛下やホートリー大神官たちもついてくる。

私たちの姿に、ワッと声が上がった。頬に熱気を感じながらアイが緊張した面持ちで——。

「……って、あら？」

私は思わず声に出した。赤い横断幕が張られたバルコニーの柵が、アイの全身をすっぽりと隠していたのだ。本番では踏み台が用意されるはずだったのに、不備があったらしい。

私がどうしようか考えていると、ユーリ様がひょいっとアイを抱き上げた。

そのまま片腕にアイを乗せて、椅子のように座らせている。もちろん、落ちないように空いた方の手でがっちりと支えていた。

「わぁ！　たかぁい！」

アイがユーリ様の首に掴まりながらきゃっきゃと喜ぶ。さすが普段から鍛えているだけあって、ユーリ様の腕は安定感ばっちりみたい。

よかった！　これならみんなにもアイの姿がよく見えるわ。

「馬車の時みたいに、手を振ってごらん。きっと、みんな喜んでくれるはずだ」

「……こう？」

うながされて、アイが控えめに手を振ると、たちまち歓声が上がった。

広場を見れば、たくさんの人たちがアイを見て喜んでいる。皆の表情は一様に明るく笑っており、それだけでアイを歓迎しているのが伝わってくる。

……よかった。私は胸を撫でおろした。さすがにブーイングが飛んでくるとは思わないけれど、それでも人々が喜んでいるのを直接見られてほっとしたわ。

歓迎の雰囲気はアイにも伝わったみたいで、ユーリ様と一緒になってニコニコしながら手を振っている。ふふっ、その姿もなんて可愛らしいのかしら。

しばらくすると、ユーリ様の隣に立っていたサクラ太后陛下が一歩前に進み出た。

みんなの視線が集まる中、穏やかに微笑んだサクラ太后陛下が優雅な動きで手を掲げ、一振りする。それはまるで、皆に祝福をまいているようだ。

そんな太后陛下の動きに連動するように、空にふわぁっとやわらかなミルキーカラーのオーロラが広がった。優しく揺れる光のカーテンに、わあああぁっ！　と大きな声が上がる。

「すごーい、きらきらだあ！」

アイも目を輝かせながらその光景に見とれていた。

「特に深い意味はないのだけれど……聖女っぽいでしょう？」

そう言ってサクラ太后陛下はいたずらっぽく笑った。

その笑みはまるで少女のように可憐で、サクラ太后陛下もすっかり以前の朗らかさを取り戻していた。最近は聖女の力が戻っただけではなく「アイちゃんが喜びそうな技を思いついたの」なんて言って、不思議な曲芸を見せてくれることすらあった。

今空に浮かんでいるオーロラも、その産物のひとつ。なんでもホートリー大神官と、どんなことをしたらアイが喜ぶのか、ずっと考えていたらしい。

アイのスキルは突然出てくることがほとんどだったけれど、熟練の聖女になったら、そんなこともできるのかしら……？

改めて聖女の不思議な仕組みについて考えていると、カーン、カーンと鐘の音が聞こえた。これは、バルコニーでのお披露目終了の合図だ。

サクラ太后陛下のオーロラも消え、侍従に促された皆が広場に背を向ける。


その時だった。


一瞬サッと空が暗くなったかと思うと、先ほどまでオーロラが輝いていた場所に、暗雲が立ち込めたのだ。それも普通の暗雲ではない、まがまがしさすら感じる真っ黒な雲。

「……っ！　何事だ！」

あんなものは、予定にはない。その場にいた全員に、一瞬にして緊張が走った。

ユーリ様がすばやくアイを背中に隠す。

「まさか、魔物……!?」

私もユーリ様の背にいるアイをかばうように立つ。何が起きたかわかっていない民たちは、ざわざわしながら空に浮かぶ黒雲を指さしている。

「今すぐ民たちを避難させよ！」

ユーリ様の緊張した声が、バルコニーに響き渡った。

ダダダッと、そばに控えていた数人の騎士たちが、民たちを避難させるために走り出す。

それを横目で確認しながら、ユーリ様が剣を抜く。

「君たちもすぐに室内に避難するんだ！　もしかしたら、魔物が襲ってくるかもしれない。その場合は地下の隠れ部屋に――」

ユーリ様がそう言った時だった。

暗雲がぐねぐねと、まるで生き物のようにうねり始めたのだ。それから皆の見ている前で、ポツ、ポツ、と雫を落とし始める。

「雨……⁉」

「触れたら、危ないかもしれませんわ！」

こんなに人が密集している場で、もし毒水がまかれでもしたら。あるいは、人の肌を溶かすほどの酸だったら。

恐ろしい想像に、私はサーッと青ざめた。

……ところが、事態は私が予想していたものとは少し違った。

ビュウッと突風が吹いて、風に流された雫がバルコニーに落ちてきたのだけれど、それはぴちょんと床に吸い込まれるのではなく、カツン、という音を立てたの。

「……？」

私はかがんで、落ちてきた雫をまじまじと見た。

危ないから手では触らないけれど、雨粒の形をした透明なそれは、ところどころうっすらとピンクや青に染まり、なんとも可愛い……そう、可愛い色合いをしていたの。

「なんだこりゃ……飴か？　雨だけに」

そう言ったのは、近衛騎士としてそばに控えていたハロルドだ。

宮廷料理人兼騎士でもある彼は、しれっとユーリ様のそばにいたのよね。

いつもぼさぼさの髪はちゃんと式典らしく整えられ、オールバックでぴしっと後ろに撫でつけられている。一瞬、彼だとわからなかったわ。

「ちょ、ちょっと！　素手で触れたら危ないですわよ⁉」

あんな、見るからにおどろおどろしい黒雲から出てきた代物なのだ。可愛い見た目でも、実は劇薬の可能性もある。

だというのにハロルドは、飴を掴んでくんくんと匂いを嗅いでいる。

「うーん。……やっぱり飴に見えるけど」

広場では、騎士たちが「触らないでください！　食べないでください！」と必死にあちこちで叫んでいるのが聞こえた。落ちてきた飴を食べるなんて！　と思ったけれど、どうやら式典の出し物だと思った人がいるらしい。

「い……一応、害はないようですが……」

汗をたらたらと流しながら、困り眉で言ったのはホートリー大神官だ。

彼は水をすくうように、両手で落ちてきた飴（？）を抱えており、手のひらの中がぽうっと白く光っていた。

周りに控えている神官たちも同じように手で飴を包み、白い光を発している。どうやら大神官の能力で、危ないかどうか調べられるらしい。

「神官たちがそう言っているんなら大丈夫なんだろ。どれ」

言いながら、ハロルドがぽいっと口の中に飴を含んだ。

「あっ！」

なんて危険な！ と思ったけれど、同時に彼の反応もとても気になる。

私と、ユーリ様の背中から顔を覗かせたアイが、じいいっと食い入るように見つめた。

やがてもごもごと飴を味わったハロルドが、ぱっと目を輝かせる。

「なんだこれ！ うんめえな‼」

「おいしいのか……？」

怪訝な顔をしているのはユーリ様だ。ううん、むしろ普通はこういう表情になると思う。

「いや、飴なんだけどさ、なんかいろんな味が混じっているんだよな。檸檬《れもん》に、桃に……これはなんだ？ 葡萄《ぶどう》か？」

舌で丹念に味わっているハロルドは、完全に料理人の顔になっていた。

「すごいなこれ。こんなにいろんな味をひとつにまとめて、しかも全然喧嘩しないときた。これはお子様がめちゃくちゃ喜ぶやつじゃねえの？」

その言葉に、アイがごくりと唾を呑んでいる。……だ、だめよ、だめだめ‼ 本っ当に、絶っ対に安全だってわかるまで、アイには食べさせられないわ！

「ふむ……本当にただの飴なのか？」

なんて言いながら、ユーリ様も砂を払った飴をぱくりと口に含んでしまった。

ああ！　そもそも落ちた食べ物を拾って食べるなんて！　男性はそういうの気にしないのかしら⁉

それとも騎士の人たちだけ⁉

「……確かにうまいな。こんなの初めて食べる」

ゆ、ユーリ様まで！　ああっ！　言葉に釣られて、アイの目が完全に飴にくぎづけになっちゃっているじゃない！

「ユーリ様！　アイが見ています！」

私がすごむと、ユーリ様がギクッとしたように身をこわばらせた。

「そ、そうだな。今のは迂闊だった」

「別にただのうまい飴だけど」

バキバキ、ゴリゴリッと飴を噛み砕きながらハロルドが言った。

「そうは言ったって、あんなに胡散《うさん》臭い黒雲から出てきたものなのよ⁉」

叫んで、私は空を指さした。

空では相変わらず、黒雲がぐねぐねと動きながら飴をまき散らしている。

「まあ確かに胡散臭いし遅効性の毒って可能性もあるけど……」

なんて言っているけれど、その顔は全然警戒していない。私がうぐぐ……とうなっていると、黒雲を見ていたユーリ様が目を細めた。

「……なんだあれは？　猫の手か？」

「え？」

ユーリ様の言葉に、私が黒雲を見る。……といっても全然何も見えない。

「誰か、双眼鏡をエデリーンに」

その言葉に、侍従たちがバタバタと走っていく。それからしばらくして、息を切らした侍従が小さな双眼鏡を持ってきた。

私がそれを覗き込むと……ユーリ様の言う通り、ぐねぐねした黒雲の真ん中から、小さな黒い猫の手が突き出していた。……よく見えたわねあんなの。どれだけ視力がいいの⁉

その上、小さな手がぐっぱ、ぐっぱと開くたびに、ぱらぱらと虹色の飴が降ってくる。

ちょっと待って、あの黒い毛並みに、ピンクの肉球……どこかで見覚えが……。

何せ、よく見つけたと思うほど小さな手だったから、確信が持てない。私がさらによく見ようと手すりに乗り出したところで、手がヒュッと黒雲の中に引っ込んでしまう。途端に、パラパラ降り注いでいた飴も止《や》んだ。

やがて私たちが見つめる前で、黒雲は最後に大きく身をよじらせたかと思うと、現れた時と同様、サァーッと目にもとまらぬ速さで散っていった。

残されたのは、何もなかったかのような凪《な》いだ青空だけ。

「い……今のはなんだったの……？」

「さぁ？　お天気飴だったんじゃねえの？」

「そんなわけないでしょうが！」

「もう一度飴の分析に当たらせるが、邪悪な気配があればすぐに神官らが察知するはず。だがそんな気配もない……。不思議だ、一体何が目的だったんだ……？」

ユーリ様も神官たちも、皆が首をかしげていた。

さいわい恐慌を起こすこともなく、式典自体はこのまま終了できそうだけれど……。

私がうーんと考えていると、すみっこに落ちていた飴を拾ったアイがぽつりと言った。

「……アメちゃん、くれたんだとおもうなあ……」

◇◇?·?·?··?·?·?◇◇

暗く冷たい玉座で、我はイライラしながら言った。

「おい。『聖女式典でどかんとやる』と言っていたのは貴様ではないのか？　おい、アネモネ、聞いているのか！」

ぶちぶちと血管が切れる音を聞きながら、我は鏡に向かって怒鳴る。

中に映っているのは、人間どもに交じって一生懸命拍手しているアネモネの姿だ。その目はなんと涙ぐんでいる。まるで聖女の姿を見て、感動しているようではないか。

我はめまいを感じた。

「返事をしたらどうなんだ！　聞こえているのだろう!?　そもそも、猫が拍手などするわけがないだろうが！」

最後のひとことで、アネモネがようやく思い出したように我の方を見る。

『見てくださいよ主様！　おちびったらあんなに立派になって……！　めちゃくちゃ聖女っぽくないですか!?　あれこそあたいが食べるにふさわしい聖女のあるべき姿ですよ！』

「お前は一体何目線で聖女を見ているのだ……？　いやそれより、事故を起こすのではなかったのか事故を！」

『あっいけない！　忘れてました！』

言うなり、アネモネがくるんと宙を回って姿を消す。その途端、人間たちの頭上に禍々しい黒雲がもくもくと渦巻き始めた。

……ようやく始まりそうだな。

はぁ、と疲れたため息をついた我の前で、うごめく黒雲がポツポツと雨を降らせる。

ふむ、アネモネの得意な毒雨か？

我はその毒雨に苦しむ人間たちの姿を想像して、ようやく安堵のため息をついた。

……だが、待てども暮らせども、一向に悲鳴は聞こえてこない。それどころか、皆何かを手に掲げ、喜んでいる者までいる。

「……アネモネ、一体どうなっておるのだ？」

『あっそうそう、主様聞いてくださいよ！　あたい、毒が得意だったんですけど、なぜかちび聖女といるうちに新しい能力に目覚めちゃったんですよね！』

「……新しい能力？」

なぜだ。なぜこんなにも嫌な予感がする。続きを聞きたくないと、本能が告げていた。

『ハイ！　今あたいが降らせてるのがそうなんですけど、なんとこれ、めっちゃおいしい飴なんですよぉ！　すごくないですか？』

「は？」

思いっきりドスのきいた声を出したが、アネモネはうきうきとした様子で続けた。

『気づいたらなんか、毒と同じ要領で出せるようになっていたんですよぉ。そんでこれ、なんとぜ――――んぶおいしい飴ちゃんなんです！　マジでめっちゃうまい』

何が楽しいのか、アネモネがぷーくすくすと笑った。……我はちっとも楽しくないが？

『なんか聖女のそばにいると、そういう影響でも受けるんですかね？　見てくださいよ主様、皆あたいが作った飴を、おいしいおいしいって言って食べてるんです。なんかこういうのも悪くないですよねえ……あたい、役に立ってる、みたいな？　あっもちろん、主様のところにも送りますから心配しないでくださいね！』

「そちらはまったく心配していないが？」

こいつは何を言っているんだ？　全力で呆れを口調ににじませたにもかかわらず、アネモネはまったく気にしていない。

『あっそれから！　あたいのこと、今後は〝アネモネ〟じゃなくて〝ショコラ〟って呼んでもらっていいですかぁ⁉︎　名前二個あるのもややこしいし、統一していこうかなって！』

「お前は何を言っているんだ？」

こらえきれずに口に出したが、やはりアネモネは動じない。

『それじゃ、あたいはいったんあっちに集中しますね‼︎　こんだけ人いると、飴ちゃん作るのも大変ですよ。あっ、もちろん主様にも飴ちゃん、すぐ送りますんで！』

言うなり、ブツッと音声が途切れる。瞬く間に鏡は黒くなり、辺りに静寂が戻った。

「……あいつめ！」

我は怒りに任せて、尾をぶんぶんと振り回した。ドゴォン、ドゴォンと城が揺れ、パラパラと塵《ちり》が降る。

そこへ、手に何かを持ったアイビーが歩いてきた。

「ショコラから届きましたよ。なかなかうまいです」

その顔は無表情だったが、頬が膨らんでいる。

恐らく、既にアネモネ……いや、ショコラの作った飴が入っているのだろう。

「お前……」

もはや叱る気力もない。がっくりうなだれた我に、アイビーが手を伸ばした。

「ほら、主様もどうぞ」

「むごっ……！」

有無を言わさず、アイビーが我の口に雫形の飴を突っ込んできた。

こやつ、昔からときどき強引なんだよな……。

「む、むぐう……」

小さな飴は、我の口には小さすぎる。

……だが、その不思議な甘酸っぱさは、確かになかなかうまかった。

飴を口の中でころころさせながら、我ははあ、と大きくため息をついた。

◇⬦王妃エデリーン⬦◇

「お疲れ様、アイ。今日はよく頑張ったわね」

夜、すべてを終えた私たちは、寝室で寝る準備をしていた。

いつものように、侍女ではなく私がアイの髪をとかす。一日を終えて、こうしてゆっくりと触れ合う時間を取るのも、密かな楽しみなのよね。

「今日のアイとても立派だったわ！　どこに出しても恥ずかしくない、ママの自慢の子よ」

「ほんとう？　えへへ」

私が褒めれば、アイが恥ずかしそうにもじもじした。それから嬉しそうに言う。

「きょうはね、しょこらもアイといっしょにがんばったんだよねぇ」

「ショコラもいっしょに？」

「うん」

ショコラは式典中、部屋でお留守番していたはずだけれど……。

私が不思議に思いながら振り返ると、当のショコラはひと足早く、ベッドにごろりと寝転がっている。一応ショコラ専用の猫ベッドも置いてあるのだけれど、すっかりアイの隣を寝床に決めてしまったらしい。

そこへ、ガチャリとドアが開く音がしてユーリ様が姿を現した。

「遅くなってしまってすまない」

彼は今までずっと、空から降ってきた謎の飴を分析していたはずだ。

「お疲れ様でしたわ。それで、飴の方は……？」

「それが……神官に魔法使い、薬師に毒師まで呼び寄せてみたが、皆口を揃えて『ただの飴ですね』と言う。しかしそんな催しは予定にはないし、誰も知らないと答えている。……本当に不思議だ」

首をかしげるユーリ様に、目を輝かせたアイが言った。

「あのねえ、それねえ、しょこらがくれたんだよ」

「ショコラ？」

私とユーリ様の声が重なる。なんでここでショコラの名前が？

「アイ、ショコラが飴をくれたの？」

「そうだよ。だってしょこらのおてて、みえてたよ」

「そういえば……」

確かにあの時、小さな黒猫の手が見えていた。黒い毛並みといいピンクの肉球といい、目の前で寝そべっているショコラの手にそっくりではある。

私はショコラに近づくと、肉球をぷにぷにと押しながら聞いた。

「ショコラ、まさか本当にあなたなの？」

「にゃ〜〜お」

それはまるで「そうだ」と返事をしているみたいで。

でも……ショコラは猫よ？　いくらこの世界に魔法があるとはいえ、そんなこと……。

それから私はハッとした。

あるじゃない！　ひとりだけ、そんなことを可能にできる人が！

私は急いでアイの手を取り、目をつぶる。

すっかり忘れていたけれど、こうすることでアイのスキルを確認できるのよ。

すぐさまぼやぼやと、頭の中に文字が浮かんでくる。そこには——。

『聖女アイ：スキル魔物探知、以心伝心（対象、王妃エデリーン）、スキル映像共有（対象、王妃エデリーン）』

うんうん、このあたりはもちろん知っているわ。問題は……。


『聖女アイ：才能開花（対象、周囲の者）』


しれっと紛れ込んでいるこれは何⁉

私はカッと目を見開いた。

こんなの知らない！　完全に初耳……いや初見よ！　今までスキルが増える時は大体バチッと衝撃が走っていたからてっきりそういうものなのかと思っていたけれど、まさかサイレントで紛れ込んでいたなんて……！

しかも対象者がものすごく広い。周囲の者って、文字通り周りにいる人ってことよね？

私だけではなく、ユーリ様やハロルドに、ホートリー大神官にサクラ太后陛下に……もしかしたら侍女たちや、それこそ猫のショコラだって含まれるかもしれない。

あらっ？　そういえばサクラ太后陛下が最近ぽんぽん色々な技を見せてくれるのって、まさかこれが原因⁉　力を取り戻したのかと思っていたけれど、むしろ完全に新しい才能⁉

「どうした？」

目を白黒させた私に、ユーリ様が尋ねる。

私はすぐさま、アイがいつの間にか覚えていた新スキルのことを話した。

「ふむ……。確かに、そのスキルだったら説明がつくな。飴を出すというものも……突拍子もないといえばないが、猫の思考だからな……」

確かに、猫が何を考えているかなんて私にはわからない。

なら、もしかして本当にショコラが……？　いやでも、うーん……。

「ショコラ、すごいねえ。いいこいいこ」

悩む大人たちとは反対に、アイが当然と言わんばかりにショコラを撫でくりまわした。にゃーおというショコラの幸せそうな声に、私は肩の力が抜ける。それはユーリ様も同じだったようだ。

「……何はともあれ、無事に終わってよかった。心配していたような騒動も起きなかったし、これでアイは皆が認める聖女として、この国で生きていけるだろう」

そう言うユーリ様の瞳は、慈愛に満ちている。式典でアイに声をかけた時といい、抱き上げた時といい、もうどこからどう見ても立派な父親だった。

私はふっと微笑んだ。

――少しずつ、少しずつ。

始まりは普通とは違ったかもしれないけれど、それでも私たちが歩んできた道は着実に続いている。もしかしたら、人はこうして親になっていくのかもしれない。

私もユーリ様もアイを生んだわけじゃないし、赤ちゃんの頃のアイも知らない。もちろん、血の繋がりもない。それでも、アイはまぎれもなく私たちの娘なのよ。

〝アイを守りたい〟と思ったその日から……。

「君も、本当にありがとう。アイがあんなに落ち着いていられたのも、すべて君がいてくれたおかげだ」

そう言って、今度はユーリ様の瞳が私に向けられる。

それは胸の奥がドキドキしてくるような、優しい笑みだった。

……ハッ！　わ、私ったら、こんな真面目な話をしている時にうっかりときめくなんて！　いけない、いけない、もっとしっかりしなければ。……本当ユーリ様って意外と美形だから、油断していると危ないわ……!!　それに最近は結構、頼もしいし……？

必死に言い訳をしながら、私は深呼吸して息を整えた。

「それはユーリ様もですわ。アイを守ろうとした姿はその……とてもかっこよかったです」

私が控えめに褒めれば、見る見るうちにユーリ様の顔が真っ赤になる。

ふふっ。この方たくましそうに見えて、意外とこういうところはまだまだ純真なのよね。

私がくすくす笑っていると、目をこすりながらアイが私たちを呼んだ。

「まま、ぱぱぁ……。アイ、もうねむたくてたまらないよぉ……」

あらら、急に疲れが出てきちゃったのね。

私は急いでアイのところに駆け寄ろうとして、それから振り向いた。

「ユーリ様。……お手を」

そっと手を差し出すと、ユーリ様が目を見開く。

「つ、繋いでいいのか？」

私は思わず笑った。

「もちろんです。そもそも本当の夫婦になろうって言ったの、ユーリ様じゃありませんか」

「そ、それはもちろんそうだが！」

「嫌なら、繋がなくてもいいんですのよ？」

「いや繋ぐ！　繋ごう！」

私に逃げられると思ったのか、すぐにユーリ様の手が伸びてきた。

その手は大きく、私の手をすっぽりと包んでしまえるほど。

ふふっ……なんだかくすぐったい。男性とこうして手を繋ぐの、初めてかもしれないわ。

その手はあたたかく、それでいて私の手を握り潰さないよう、細心の注意を払ってくれている。

包まれた手が、ぽかぽかとして心地いい。

式典も一段落したし、これからはもうちょっとこう、夫婦らしいスキンシップを増やしていってもいいのかしら。もちろん、ユーリ様に嫌がられなければ、だけれど……。

そんなことを思いながら、私たちは手を繋いで、ゆっくりとアイの元に歩いていく。

そんな私たちを見て、アイが「にへへ」と嬉しそうに笑った。

聖女が来るから君を愛することはないと言われたので
お飾り王妃に徹していたら、聖女が5歳？　なぜか陛下の態度も変わってません？／完

あとがき

初めまして。強いヒロインが好きな宮之みやこと申します。

この度は、『聖女が来るから君を愛することはないと言われたのでお飾り王妃に徹していたら、聖女が5歳？ なぜか陛下の態度も変わってません？』をお迎えいただきありがとうございます。

この作品ではもともと、アイは五歳ではなく、十七歳の女子高生として書かれる予定でした。

召喚された聖女とエデリーンがなんだかんだ仲良くなってしまい、聖女と恋仲になる予定だったユーリもエデリーンの漢前ぶりに惚れてしまう――。

ですがその設定で書いているうちにふと、「十七歳の娘を失った両親はどれだけ悲しむことになるのだろう……」と想像してしまい、まさかの私が悲しくなる事態が発生。

普段そういう部分はあまり気にしないようにしているのですが、その時はどうしても気になってしまい、「それなら聖女が召喚されても誰も悲しまない、むしろ幸せになる方法はないのだろうか」と考えた結果生まれたのが今のアイでした。

物語の中でアイが愛し愛され、慈しまれる姿を通して、読者の皆様に少しでも元気や癒しを感じてもらえると嬉しいです。そして、当初の予定にはなかったユーリ様の不憫な恋の行方も、ぜひ見守っていただけると……。笑

改めて、出版のお声をかけてくださり、二人三脚でここまで支えてくださった担当編集様、あまりに美しすぎて一日に何度も何度も見つめるくらい素敵な表紙やキャラデザを描いてくださった界さけ様、綺麗かわいすぎる表紙デザインを考えてくれたデザイナー様に、キャラクターの口調まで統一してくださった校正様。そしてＷｅｂの頃から応援いただき、本書をお手にとってくださった読者の皆様に心よりのお礼を申し上げます。

二巻やコミカライズでも『アイ無双』は続きますので（そしてユーリ様がようやくちょっぴり報われますので）、どうぞお付き合いいただけると嬉しいです。

宮之みやこ

MAG Garden NOVELS

聖女が来るから君を愛することはないと言われたので お飾り王妃に徹していたら、聖女が5歳? なぜか陛下の態度も変わってません?

発行日　2023年3月25日 初版発行

著者 宮之みやこ　イラスト 界さけ

発行人 保坂嘉弘
発行所 株式会社マッグガーデン
〒102-8019 東京都千代田区五番町6-2
ホーマットホライゾンビル5F
編集 TEL:03-3515-3872　FAX:03-3262-5557
営業 TEL:03-3515-3871　FAX:03-3262-3436
印刷所 株式会社広済堂ネクスト
担当編集 須田房子(シュガーフォックス)
装　幀 早坂英莉+ベイブリッジ・スタジオ、矢部政人

本書は、「小説家になろう」(https://syosetu.com/) 作品に、加筆と修正を入れて書籍化したものです。

ISBN978-4-8000-1301-9 C0093　Printed in Japan

ファンレター・感想等は弊社編集部書籍課「宮之みやこ先生」係、「界さけ先生」係までお送りください。